万家灯火，一盏归处

名家心中的亲情与温暖

史铁生等 著

北京联合出版公司
Beijing United Publishing Co.,Ltd.

目录 ❖❖

辑一 父亲：藏在岁月中的力量

我很想念我的父亲。现在还常常做梦梦见他。我的那些梦本和他不相干，我梦里的那些事，他不可能在场，不知道怎么会掺和进来了。

——汪曾祺

辑二　母亲：生命中难以忘怀的感动

我放下书，想，这么大一座园子，要在其中找到她的儿子，母亲走过了多少焦灼的路。多年来我头一次意识到，这园中不单是处处都有过我的车辙，有过我的车辙的地方也都有过母亲的脚印。

——史铁生

辑一

父亲：
藏在岁月中的力量

我很想念我的父亲。现在还常常做梦梦见他。我的那些梦本和他不相干，我梦里的那些事，他不可能在场，不知道怎么会掺和进来了。

——汪曾祺

父亲握着我的手书写的岁月①

/ 蒋勋

汉字书法的练习，大概在许多华人心中都保有很深刻的记忆。

以我自己为例，童年时期跟兄弟姐妹在一起相处的时光，除了游玩嬉戏，竟然有一大部分时间是围坐在同一张桌子写毛笔字。

写毛笔字从几岁开始？回想起来不十分清楚了。好像从懂事之初，三四岁开始，就正襟危坐，开始练字了。

"上""大""人"，一些简单的汉字，用双钩红线描摹

---

① 本文为《汉字书法之美》自序，原标题为《"上""大""人"——最早最美的书写》，蒋勋：《汉字书法之美》，桂林：广西师范大学出版社，二〇〇九年十一月。

在九宫格的练习簿上。我小小的手，笔还拿不稳。父亲端来一把高凳，坐在我后面，用他的手握着我的手。

我记忆很深，父亲很大的手掌包覆着我小小的手。毛笔笔锋，事实上是在父亲有力的大手控制下移动。我看着毛笔的黑墨，一点一滴，一笔一画，慢慢渗透填满红色双钩围成的轮廓。

父亲的手非常有力气，非常稳定。

我偷偷感觉着父亲手掌心的温度，感觉着父亲在我脑后均匀平稳的呼吸。好像我最初书法课最深的记忆，并不只是写字，而是与父亲如此亲近的身体接触。

一直有一个红线框成的界线存在，垂直与水平红线平均分割的九宫格，红色细线围成的字的轮廓。红色像一种"界限"，我手中毛笔的黑墨不能随性逾越红线轮廓的范围，九宫格使我学习"界限""纪律""规矩"。

童年的书写，是最早对"规矩"的学习。"规"是曲线，"矩"是直线；"规"是圆，"矩"是方。

大概只有汉字的书写学习里，包含了一生做人处世漫长的

"规矩"的学习吧！

学习直线的耿直，也学习曲线的婉转；学习"方"的端正，也学习"圆"的包容。

东亚文化的核心价值，其实一直在汉字的书写中。

最早的汉字书写学习，通常都包含着自己的名字。

很慎重地，拿着笔，在纸上，一笔一画，写自己的名字。仿佛在写自己一生的命运，凝神屏息，不敢有一点大意。一笔写坏了，歪了、抖了，就要懊恼不已。

我不知道为什么"蒋"这个字上面有"艹"。父亲说"蒋"是茭白，是植物，是草本，所以上面有"艹"。

"勳"（简体字为"勋"）的笔画繁杂，我很羡慕别人姓名笔画少、笔画简单。当时有个广播名人叫"丁一"，我羡慕了很久。

羡慕别人名字的笔画少，自己写"勳"的时候就特别不耐烦，上面写成了"勳"，下面四点就忘了写。老师发卷子，常常笑着指我"蒋勳"。

老师说：那四点是"火"，没有那四点，怎么"動"起来?

我记得了，那四点是"火"，以后没有再忘了写，但是"勳"写得特别大。在格子里写的时候，常常觉得写不下去，笔画要满出来了，那四点就点到格子外去了。

长大以后写晋人的"爨宝子碑"，原来西南地方还有姓"爨"的，真是庆幸自己只是忘了四点"火"。如果姓"爨"，肯定连"火"带"大"带"林"一起忘了写。

写"爨宝子碑"写久了，很佩服书写的人，"爨"笔画这么多，不觉得大，不觉得繁杂；"子"笔画这么少，这么简单，也不觉得空疏。两个笔画差这么多的字，并放在一起，都占一个方格，都饱满，都有一种存在的自信。

名字的汉字书写，使学龄儿童学习了"不可抖"的慎重，学习了"不可歪"的端正，学习了自己作为自己"不可取代"的自信。那时候忽然想起名字叫"丁一"的人，不知道他在儿时书写自己的名字，是否也有困扰，因为少到只有一根线，那是多么困难的书写；少到只有一根线，没有可以遗忘的笔画。

长大以后写书法，最不敢写的字是"上""大""人"。因为笔画简单，不能有一点苟且，要从头慎重端正到底。

现在知道书法最难的字可能是"一"。弘一的"一"，简单、安静、素朴，极简到回来安分做"一"，是汉字书法美学最深的领悟吧！

大部分的人可能都忘了儿童时书写名字的慎重端正、一丝不苟。

随着年龄增长，随着签写自己的名字次数越来越多，越来越熟练，线条熟极而流滑。别人看到赞美说：你的签名好漂亮。但是自己忽然醒悟，原来距离儿童最初书写的谨慎、谦虚、端正，已经太远了。

父亲一直不鼓励我写"行"写"草"，强调应该先打好"唐楷"基础。我觉得他太迂腐保守。但是他自己一生写端正的柳公权《玄秘塔》，我看到还是肃然起敬。

也许父亲坚持的"端正"，就是童年那最初书写自己名字时的慎重吧！

签名签得太多，签得太流熟，其实是会心虚的。每次签名流熟到了自己心虚的时候，回家就想静坐，从水注里舀一小勺水，看水在赭红砚石上滋润散开，离开溪水很久很久的石头仿佛忽然唤起了在河床里的记忆，被溪水滋润的记忆。

我开始磨墨，松烟一层一层在水中散开，最细的树木燃烧后的微粒微尘，成为墨，成为一种透明的黑。

每一次磨墨，都像是找回静定的呼吸的开始。磨掉急躁，磨掉心虚的慌张，磨掉杂念，知道"磨"才是心境上的踏实。

我用毛笔濡墨时，那死去的动物毫毛仿佛一一复活了过来。

笔锋触到纸，纸的纤维也被水渗透。很长的纤维，感觉得到像最微细血脉的毛吸现象，像一片树叶的叶脉，透着光，可以清楚知道养分输送到了哪里。

那是汉字书写吗？或者，是我与自己相处最真实的一种仪式。

许多年来，汉字书写，对于我，像一种修行。

我希望能像古代洞窟里抄写经文的人，可以把一部《法华经》一字一字写好，像最初写自己的名字一样慎重端正。

在这本《汉字书法之美》的写作过程中，我不断回想起父亲握着我的手书写的岁月。那些简单的"上""大""人"，也是我的手被父亲的手握着，一起完成的最美丽的书法。

我把这本书献于父亲灵前，作为我们共同在汉字书写里永远的纪念。

父亲的死

/ 周国平

　　一个人无论多大年龄上没有了父母，他都成了孤儿。他走入这个世界的门户，他走出这个世界的屏障，都随之塌陷了。父母在，他的来路是眉目清楚的，他的去路则被遮掩着。父母不在了，他的来路就变得模糊，他的去路反而敞开了。

　　我的这个感觉，是在父亲死后忽然产生的。我说忽然，因为父亲活着时，我丝毫没有意识到父亲的存在对于我有什么重要。从少年时代起，我和父亲的关系就有点疏远。那时候家里子女多，负担重，父亲心情不好，常发脾气。每逢这种情形，我就当他面抄起一本书，头也不回地跨出家门，久久躲在外面看书，表示对他的抗议。后来我到北京上学，第一封家信洋洋洒洒数千言，对父亲的教育方法进行了全面批判。听说父亲看了后，只是笑一笑，对弟妹们说："你们的哥哥是个理论家。"

年纪渐大，子女们也都成了人，父亲的脾气是愈来愈温和了。然而，每次去上海，我总是忙于会朋友，很少在家。就是在家，和父亲好像也没有话可说，仍然有一种疏远感。有一年他来北京，一个天气晴朗的日子，他突然提议和我一起去游香山。我有点惶恐，怕一路上两人相对无言，彼此尴尬，就特意把一个小侄子也带了去。

我实在是个不孝之子，最近十余年里，只给家里写过一封信。那是在妻子怀孕以后，我知道父母一直盼我有个孩子，便把这件事当作好消息报告了他们。我在信中说，我和妻子都希望生个女儿。父亲立刻给我回了信，说无论生男生女，他都喜欢。他的信确实洋溢着欢喜之情，我心里明白，他也是在为好不容易收到我的信而高兴。谁能想到，仅仅几天之后，就接到了父亲的死讯。

父亲死得很突然。他身体一向很好，谁都断言他能长寿。那天早晨，他像往常一样提着菜篮子，到菜场取牛奶和买菜。接着，步行去单位处理一件公务。然后，因为半夜里曾感到胸闷难受，就让大弟陪他到医院看病。一检查，广泛性心肌梗塞，立即抢救，同时下了病危通知。中午，他对守在病床旁的大弟说，不要大惊小怪，没事的。他真的不相信他会死。可是，一小时后，他就停止了呼吸。

父亲终于没能看到我的孩子出生。如我所希望的，我得到了一个可爱的女儿。谁又能想到，我的女儿患有绝症，活到一岁半也死了。每想到我那封报喜的信和父亲喜悦的回应，我总感到对不起他。好在父亲永远不会知道这幕悲剧了，这于他又未尝不是件幸事。但我自己做了一回父亲，体会了做父亲的心情，才内疚地意识到父亲其实一直有和我亲近一些的愿望，却被我那么矜持地回避了。

短短两年里，我被厄运纠缠着，接连失去了父亲和女儿。父亲活着时，尽管我也时常沉思死亡问题，但总好像和死还隔着一道屏障。父母健在的人，至少在心理上会有一种离死尚远的感觉。后来我自己做了父亲，却未能为女儿做好这样一道屏障。父亲的死使我觉得我住的屋子塌了一半，女儿的死又使我觉得我自己成了一间徒有门墙的空屋子。我一向声称一个人无须历尽苦难就可以体悟人生的悲凉，现在我知道，苦难者的体悟毕竟是有着完全不同的分量的。

我的父亲[1]

/ 汪曾祺

我父亲行三。我的祖母有时叫他的小名"三子"。他是阴历九月初九重阳节那天生的，故名菊生（我父亲那一辈生字排行，大伯父名广生，二伯父名常生），字淡如。他作画时有时也题别号：亚痴、灌园生……他在南京读过旧制中学。所谓旧制中学大概是十年一贯制的学堂。我见过他在学堂时用过的教科书，英文是纳氏文法，代数几何是线装的有光纸印的，还有"修身"什么的。他为什么没有升学，我不知道。"旧制中学生"也算是功名。他的这个"功名"我在我的继母的"铭旌"上见过，写的是扁宋体的泥金字，所以记得。什么是"铭旌"？看《红楼梦》贾府办秦可卿丧事那回就知道，我就不噜

---

① 原载一九九二年第八期《作家》。初收《汪曾祺散文随笔选集》，沈阳：沈阳出版社，一九九三年六月。

苏①了。

我父亲年轻时是运动员。他在足球校队踢后卫。他是撑杆跳选手，曾在江苏全省运动会上拿过第一。他又是单杠选手。我还见过他在天王寺外边驻军所设置的单杠上表演过空中大回环两周，这在当时是少见的。他练过武术，腿上带过铁砂袋。练过拳，练过刀、枪。我见他施展过一次武功，我初中毕业后，他陪我到外地去投考高中，在小轮船上，一个初来的侦缉队以检查为名勒索乘客的钱财。我父亲一掌，把他打得一溜跟头，从船上退过跳板，一屁股坐在码头上。我父亲平常温文尔雅，我还没见过他动手打人，而且，真有两下子！我父亲会骑马。南京马场有一匹劣马，咬人，没人敢碰它，平常都用一截粗竹筒套住他的嘴。我父亲偷偷解开缰绳，一蹁腿骑了上去。一趟马道子跑下来，这马老实了。父亲还会游泳，水性很好。这些，我都不知道他是什么时候学的。

从南京回来后，他玩过一个时期乐器。他到苏州去了一趟，买回来好些乐器，笙箫管笛、琵琶、月琴、拉秦腔的胡胡、扬琴，甚至还有大小唢呐。唢呐我从未见他吹过。这东西吵人，除了吹鼓手、戏班子，一般玩乐器人都不在家里吹。一

---

① 意为啰唆，多用于吴地方言。

把大唢呐，一把小唢呐（海笛）一直放在他的画室柜橱的抽屉里。我们孩子们有时翻出来玩。没有哨子，吹不响，只好把铜嘴含在嘴里，自己呜呜作声，不好玩！他的一支洞箫、一支笛子，都是少见的上品。洞箫箫管很细，外皮作殷红色，很有年头了。笛子不是缠丝涂了一节一节黑漆的，是整个笛管擦了荸荠紫漆的，比常见的笛子管粗。箫声幽远，笛声圆润。我这辈子吹过的箫笛无出其右者。这两支箫笛不是从乐器店里买的，是花了大价钱从私人手里买的。他的琵琶是很好的，但是拿去和一个理发店里换了。他拿回理发店的那面琵琶又脏又旧、油里咕叽的。我问他为什么要换了这么一面脏琵琶回来，他说："这面琵琶声音好！"理发店用一面旧琵琶换了他的几乎是全新的琵琶，当然乐意。不论什么乐器，他听听别人演奏，看看指法，就能学会，他弹过一阵古琴，说："都说古琴很难，其实没有什么。"我的一个远房舅舅，有一把一个法国神父送他的小提琴，我父亲跟他借回来，鼓揪鼓揪，几天工夫，就能拉出曲子来。据我父亲说：乐器里最难，最要功夫的，是胡琴。别看它只有两根弦，很简单，越是简单的东西越不好弄。他拉的胡琴我拉不了，弓子硬，马尾多，滴的松香很厚，松香拉出一道很窄的深槽，我一拉，马尾就跑到深槽的外面来了。父亲不在家的时候我有时使劲拉一小段，我父亲一看松香就知道我动过他的胡琴了。他后来不大摆弄别的乐器了，只有胡琴是一直拉着的。

摒挡丝竹以后，父亲大部分时间用于画画和刻图章，他画画并无真正的师承，只有几个画友。画友中过从较密的是铁桥，是一个和尚，善因寺的方丈。我写的小说《受戒》里的石桥，就是以他为原型的。铁桥曾在苏州邓尉山一个庙里住过，他作画有时下款题为"邓尉山僧"。我父亲第二次结婚，娶我的第一个继母，新房里就挂了铁桥的一个条幅，泥金纸，上角画了几枝桃花，两只燕子，款题"淡如仁兄嘉礼弟铁桥写贺"。在新房里挂一幅和尚的画，我的父亲可谓全无禁忌；这位和尚和俗人称兄道弟，也真是不拘礼法。我上小学的时候，就觉得他们有点"胡来"。这条画的两边还配了我的一个舅舅写的一副虎皮宣的对子："蝶欲试花犹护粉，莺初学啭尚羞簧"。我后来懂得对联的意思了，觉得实在很不像话！铁桥能画，也能写。他的字写石鼓，画法任伯年。根据我的印象，都是相当有功力的。我父亲和铁桥常来往，画风却没有怎么受他的影响。也画过一阵工笔花卉。我们那里的画家有一种理论，画画要从工笔入手，也许是有道理的。扬州有一位专画菊花的画家，这位画家画菊按朵论价，每朵大洋一元。父亲求他画了一套菊谱，二尺见方的大册页。我有个姑太爷，也是画画的，说："像他那样的玩法，我们玩不起！"兴化有一位画家徐子兼，画猴子，也画工笔花卉。我父亲也请他画了一套册页。有一开画的是罂粟花，薄瓣透明，十分绚丽。一开是月季，题了两行字："春水蜜波为花写照"。"春水""蜜波"是月季的两个品种，我觉得这名字起得很美，一直不忘。我见过父亲画工笔菊花，原来花头的颜色不是一次敷染，要"加"几道。扬州有菊花名种"晓色"，父亲说这种颜色最不好画。"晓色"，很空灵，不好捉摸。他画成了，我一看，是晓色！他后来改了画写意，用笔略似吴昌硕，照我看，我父亲的画是有功力的，但是"见"得少，没有行万里路，多识大家真迹，受了限制。他又不会作诗，题画多用前人陈句，故布局平稳，缺少创意。

父亲刻图章，初宗浙派，清秀规矩。他年轻时刻过一套《陋室铭》印谱，有几方刻得不错，但是过于著意，很拘谨。有"兰带""折钉"，都是"做"出来的。有一方"草色入帘青"是双钩，我小时觉得很好看，稍大，即觉纤巧小气。《陋室铭》印谱只是他初学刻印的成绩。三十多岁后，渐渐豪放，以治汉印为主。他有一套端方的《匋斋印存》，经常放在案头。有时也刻浙派少印。我记得他给一个朋友张仲陶刻过一块青田涷石小长方印，文曰"中匋"，实在漂亮。"中匋"两字也很好安排。

刻印的人多喜藏石。父亲的石头是相当多的，他最心爱的是三块田黄，我在小说《岁寒三友》中写的靳彝甫的三块田黄，实际上写的是我父亲的三块图章。

他盖章用的印泥是自己做的。用的是"大劈砂"，这是朱砂里最贵重的。大劈砂深紫色的，片状，制成印泥，鲜红夺目。他说见过一些明朝画，纸色已经灰暗，而印色鲜明不变。大劈砂盖的图章可以"隐指"，即用手指摸摸，印文是鼓出的。他的画室的书橱里摆了一列装在玻璃瓶的大劈砂和陈年的蓖麻子油，蓖麻油是调印色用的。

我父亲手很巧，而且总是活得很有兴致。他会做各种玩意。元宵节，他用通草（我们家开药店，可以选出很大片的通草）为瓣，用画牡丹的西洋红（西洋红很贵，齐白石作画，有一个时期，如用西洋红，是要加价的）染出深浅，做成一盏荷花灯，点了蜡烛，比真花还美。他用蝉翼笺染成浅绿，以铁丝为骨，做了一盏纺织娘灯，下安细竹棍。我和姐姐提了，举着这两盏灯上街，到邻居家串门，好多人围着看。清明节前，他糊风筝。有一年糊了一只蜈蚣（我们那里叫"百脚"），是绢糊的，他用药店里称麝香用的小戥子约蜈蚣两边的鸡毛——鸡毛必须一样重，否则上天就会打滚。他放这只蜈蚣不是用的一般线，是胡琴的老弦。我们那里用老弦放风筝的，家父实为第一人（用老弦放风筝，风筝可以笔直地飞上去，没有"肚子"）。他带了几个孩子在傅公桥麦田里放风筝。这时麦子尚未"起身"，是不怕踩的，越踩越旺。春服既成，惠风和畅，我父亲这个孩子头带着几个孩子，在碧绿的麦垄间奔跑呼叫，为乐如何？我想念我的父亲（我现在还常常梦见他），想念我的童年，虽然我现在是七十二岁，皤然一老了。夏天，他给我们糊养金铃子的盒子。他用钻石刀把玻璃裁成一小块一小块，再合拢，接缝处用皮纸糨糊固定，再加两道细蜡笺条，成了一只船、一座小亭子、一个八角玲珑玻璃球，里面养着金铃子。隔着玻璃，可以看到金铃子在里面爬，吃切成小块的梨，张开翅膀"叫"。秋天，买来拉秧的小西瓜，把瓜瓤掏空，在瓜皮上镂刻出很细致的图案，做成几盏西瓜灯，西瓜灯里点了蜡烛，撒下一片绿光，父亲鼓捣半天，就为让孩子高兴一晚上。我的童年是很美的。

我母亲死后，父亲给她糊了几箱子衣服，单夹皮棉，四时不缺。他不知从哪里搜罗来各种颜色，砑出各种花样的纸。听我的大姑妈说，他糊的皮衣跟真的一样，能分出滩羊、灰鼠。这些衣服我没看见过，但他用剩的色纸，我见过。我们用来折"手工"。有一种纸，银灰色，正像当时时兴的"慕本缎子"。

我父亲为人很随和，没架子。他时常周济穷人，参与一些有关公益的事情，因此在地方上人缘很好。民国二十年①发大水，大街成了河。我每天看见他蹚着齐胸的水出去，手里横执了一根很粗的竹篙，穿一身直罗裰，他出去，主要是办赈济。我在小说《钓鱼的医生》里写王淡人有一次乘了船，在腰里系了铁链，让几个水性很好的船工也在腰里系了铁链，一头拴在王淡人的腰里，冒着生命危险，渡过激流，到一个被大水围困的孤村去为人治病，这写的实际是我父亲的事。不过他不是去为人治病，而是去送"华洋义赈会"发来的面饼（一种很厚的面饼，山东人叫"锅盔"）。这件事写进了地方上人送给我祖父的六十寿序里，我记得很清楚。

父亲后来以为人医眼为职业。眼科是汪家祖传。我的祖父、大伯父都会看眼科。我不知道父亲懂眼科医道。我十九岁离开家乡，离乡之前，我没见过他给人看眼睛。去年②回乡，我的妹婿给我看了一册父亲手抄的眼科医书，字很工整，是他年轻时抄的。那么，他是在眼科上下过功夫的。听说他的医术

---

① 即一九三一年。
② 指一九九一年。下同。本文写于一九九二年五月二十八日。

还挺不错。有一邻居的孩子得了眼疾，双眼肿得像桃子，眼球红得像大红缎子。父亲看过，说不要紧。他叫孩子的父亲到阴城（一片乱葬坟场，很大，很野，据说韩世忠在这里打过仗）去捉两个大田螺来。父亲在田螺里倒进两管鹅翎眼药，两撮冰片，把田螺扣在孩子的眼睛上，过了一会田螺壳裂了。据那个孩子说，他睁开眼，看见天是绿的。孩子的眼好了，一生没有再犯过眼病。田螺治眼，我在任何医书上没看见过，也没听说过。这个"孩子"现在还在，已经五十几岁了，是个理发师傅。去年我回家乡，从他的理发店门前经过，那天，他又把我父亲给他治眼的经过，向我的妹婿详细地叙述了一次。这位理发师傅希望我给他的理发店写一块招牌。当时我很忙，没有来得及给他写。我会给他写的，一两天就写了托人带去。

我父亲配制过一次眼药。这个配方现在还在，但是没有人配得起，要几十种贵重的药，包括冰片、麝香、熊胆、珍珠……珍珠要是人戴过的。父亲把祖母帽子上的几颗大珠子要了去。听我的第二个继母说，他制药极其虔诚，三天前就洗了澡（"斋戒沐浴"），一个人住在花园里，把三道门都关了，谁也不让去。

父亲很喜欢我。我母亲死后，他带着我睡。他说我半夜醒来就笑。那时我三岁（实年）。我到江阴去投考南菁中学，是他带着我去的。住在一个市庄的栈房里，臭虫很多。他就点了一支蜡烛，见有臭虫，就用蜡烛油滴在它身上。第二天我醒来，看见席子上好多好多蜡烛油点子。我美美地睡了一夜，父亲一夜未睡。我在昆明时，他还在信封里用玻璃纸包了一小包"虾松"寄给我过。我父亲很会做菜，而且能别出心裁。我的祖父春天忽然想吃螃蟹。这时候哪里去找螃蟹？父亲就用瓜鱼（水仙鱼），给他伪造了一盘螃蟹，据说吃起来跟真螃蟹一样。"虾松"是河虾剁成米粒大小，掺以小酱瓜丁，入温油炸透。我也吃过别人做的"虾松"，都比不上我父亲的手艺。

我很想念我的父亲，现在还常常做梦梦见他。我的那些梦本和他不相干，我梦里的那些事，他不可能在场，不知道怎么会掺和进来了。

多年父子成兄弟[①]

/ 汪曾祺

这是我父亲的一句名言。

父亲是个绝顶聪明的人。他是画家，会刻图章，画写意花卉。图章初宗浙派，中年后治汉印。他会摆弄各种乐器，弹琵琶，拉胡琴，笙箫管笛，无一不通。他认为乐器中最难的其实是胡琴，看起来简单，只有两根弦，但是变化很多，两手都要有功夫。他拉的是老派胡琴，弓子硬，松香滴得很厚——现在拉胡琴的松香都只滴了薄薄的一层。他的胡琴音色刚亮。胡琴码子都是他自己刻的，他认为买来的不中使。他养蟋蟀，养金铃子。他养过花。他养的一盆素心兰在我母亲病故那年死了，从此他就不再养花。我母亲死后，他亲手给她做了几箱子冥

---

① 原载《福建文学》一九九一年第一期。初收《汪曾祺小品》，北京：中国人民大学出版社，一九九二年十月。

衣——我们那里有烧冥衣的风俗。按照母亲生前的喜好，选购了各种花素色纸做衣料，单夹皮棉，四时不缺。他做的皮衣能分得出小麦穗羊羔、灰鼠、狐腋。

父亲是个很随和的人，我很少见他发过脾气，对待子女，从无疾言厉色。他爱孩子，喜欢孩子，爱跟孩子玩，带着孩子玩。我的姑妈称他为"孩子头"。春天，不到清明，他领一群孩子到麦田里放风筝。放的是他自己糊的蜈蚣（我们那里叫"百脚"），是用染了色的绢糊的。放风筝的线是胡琴的老弦。老弦结实而轻，这样风筝可笔直地飞上去，没有"肚儿"。用胡琴弦放风筝，我还未见过第二人。清明节前，小麦还没有"起身"，是不怕践踏的，而且越踏会越长得旺。孩子们在屋里闷了一冬天，在春天的田野里奔跑跳跃，身心都极其畅快。他用钻石刀把玻璃裁成不同形状的小块，再一块一块逗拢，接缝处用胶水粘牢，做成小桥、小亭子、八角玲珑水晶球。桥、亭、球是中空的，里面养了金铃子。从外面可以看到金铃子在里面自在爬行，振翅鸣叫。他会做各种灯。用浅绿透明的"鱼鳞纸"扎了一只纺织娘，栩栩如生。用西洋红染了色，上深下浅，通草做花瓣，做了一个重瓣荷花灯，真是美极了。用小西瓜（这是拉秧的小瓜，因其小，不中吃，叫作"打瓜"或"笃瓜"）上开小口，挖净瓜瓤，在瓜皮上雕镂出极细的花纹，做成西瓜灯。我们在这些灯里点了蜡烛，穿街过巷，邻居的孩子都跟过来看，非常羡慕。

　　父亲对我的学业是关心的，但不强求。我小时候，国文成绩一直是全班第一。我的作文，时得佳评，他就拿出去到处给人看。我的数学不好，他也不责怪，只要能及格，就行了。他画画，我小时也喜欢画画，但他从不指点我。他画画时，我在旁边看。其余时间由我自己乱翻画谱，瞎抹。我对写意花卉那时还不大会欣赏，只是画一些鲜艳的大桃子，或者我从来没有见过的瀑布。我小时字写得不错，他倒是给我出过一点主意。在我写过一阵《圭峰碑》和《多宝塔碑》以后，他建议我写写《张猛龙碑》。这建议是很好的。到现在，我写的字还有《张猛龙碑》的影响。我初中时爱唱戏，唱青衣，我的嗓子很好，高亮甜润。在家里，他拉胡琴，我唱。我的同学里有几个能唱戏的。学校开同乐会，他应我的邀请，到学校去伴奏。几个同学都只是清唱。有一个姓费的同学借到一顶纱帽，一件蓝官衣，扮起来唱《朱砂井》，但是没有配角，没有衙役，没有犯人，只是一个赵廉，摇着马鞭在台上走了两圈，唱了一段"郿坞县在马上心神不定"，便完事下场。父亲那么大的人陪着几个孩子玩了一下午，还挺高兴。我十七岁初恋，暑假里，在家写情书，他在一旁瞎出主意！我十几岁就学会了抽烟喝酒。他喝酒，给我也倒一杯。抽烟，一次抽出两根，他一根我一根。他还总是先给我点上火。我们的这种关系，他人或以为怪。父亲说："我们是多年父子成兄弟。"

我和儿子的关系也是不错的。我戴了"右派分子"的帽子下放张家口农村劳动，他那时幼儿园刚毕业，刚刚学会汉语拼音，用汉语拼音给我写了第一封信。我也只好赶紧学会汉语拼音，好给他写回信。"文化大革命"期间，我被打成"黑帮"，关进"牛棚"。偶尔回家，孩子们对我还是很亲热。我的老伴告诫他们"你们要和爸爸'划清界限'"，儿子反问母亲："那你怎么还给他打酒？"只有一件事，两代之间，曾有分歧。他下放山西忻县"插队落户"。按规定，春节可以回京探亲。我们等着他回来，不料他同时带回了一个同学。他这个同学的父亲是一位正受林彪迫害，搞得人囚家破的空军将领。这个同学在北京已经没有家，按照大队的规定是不能回北京的，但是这孩子很想回北京，在一伙同学的秘密帮助下，我的儿子就偷偷地把他带回来了。他连"临时户口"也不能上，是个"黑人"，我们留他在家住，等于"窝藏"了他。公安局随时可以来查户口，街道办事处的大妈也可能举报。当时人人自危，自顾不暇，儿子惹了这么一个麻烦，使我们非常为难。我和老伴把他叫到我们的卧室，对他的冒失行为表示很不满，我责备他："怎么事前也不和我们商量一下！"我的儿子哭了，哭得很委屈，很伤心。我们当时立刻明白了：他是对的，我们是错的。我们这种怕担干系的思想是庸俗的。我们对儿子和同学之间的义气缺乏理解，对他的感情不够尊重。他的同学在我们家一直住了四十多天，才离去。

对儿子的几次恋爱，我采取的态度是"闻而不问"。了解，但不干涉。我们相信他自己的选择，他的决定。最后，他悄悄和一个小学时期女同学好上了，结了婚。有了一个女儿，已近七岁。

我的孩子有时叫我"爸"，有时叫我"老头子"！连我的孙女也跟着叫。我的亲家母说这孩子"没大没小"。我觉得一个现代的，充满人情味的家庭，首先必须做到"没大没小"。父母叫人敬畏，儿女"笔管条直"，最没有意思。

儿女是属于他们自己的。他们的现在，和他们的未来，都应由他们自己来设计。一个想用自己理想的模式塑造自己的孩子的父亲是愚蠢的，而且，可恶！另外，作为一个父亲，应该尽量保持一点童心。

中举人

/ 丰子恺

我的父亲是清朝光绪年间最后一科的举人。他中举人时我只四岁，隐约记得一些，听人传说一些情况，写这篇笔记。话须得从头说起：

我家在明末清初就住在石门湾。上代已不可知，只晓得我的祖父名小康，行八，在这里开一爿染坊店，叫作丰同裕。这店到了抗日战争开始时才烧毁。祖父早死，祖母沈氏，生下一女一男，即我的姑母和父亲。祖母读书识字，常躺在鸦片灯边看《缀白裘》等书。打瞌睡时，往往烧破书角。我童年时还看到过这些烧残的书。她又爱好行乐。镇上演戏文时，她总到场，先叫人搬一只高椅子去，大家都认识这是丰八娘娘的椅子。她又请了会吹弹的人，在家里教我的姑母和父亲学唱戏。邻近沈家的四相公常在背后批评她："丰八老太婆发昏了，教儿子女儿唱徽调。"因为那时唱戏是下等人的事。但我祖母听到了满不在乎。我后来读《浮生六记》，觉得我的祖母颇有些像那芸娘。

父亲名镤，字斛泉，廿六七岁时就参与大比。大比者，就是考举人，三年一次，在杭州贡院中举行，时间总在秋天。那时没有火车，便坐船去。运河直通杭州，约八九十里。在船中一宿，次日便到。于是在贡院附近租一个"下处"，等候进场。祖母临行叮嘱他："斛泉，到了杭州，勿再埋头用功，先去玩玩西湖。胸襟开朗，文章自然生色。"但我父亲总是忧心忡忡，因为祖母一方面旷达，一方面非常好强。曾经对人说："坟上不立旗杆，我是不去的。"那时定例：中了举人，祖坟上可以立两个旗杆。中了举人，不但家族亲戚都体面，连已死的祖宗也光荣。祖母定要立了旗杆才到坟上，就是定要我父亲在她生前中举人。我推想父亲当时的心情多么沉重，哪有兴致玩西湖呢？

每次考毕回家，在家静候福音。过了中秋消息沉沉，便确定这次没有考中，只得再在家里饮酒，看书，吸鸦片，进修三年，再去大比。这样地过了三次，即九年，祖母日渐年老，经常卧病。我推想当时父亲的心里多么焦灼！但到了他三十六岁那年，果然考中了。那时我年方四岁，奶妈抱了我挤在人丛中看他拜北阙，情景隐约在目。那时的情况是这样：

父亲考毕回家，天天闷闷不乐，早眠晏起，茶饭无心。祖母躺在床上，请医吃药。有一天，中秋过后，正是发榜的时候①，染店里的管账先生，即我的堂房伯伯，名叫亚卿，大家叫他"麻子三大伯"的，早晨到店，心血来潮，说要到南高桥头去等"报事船"。大家笑他发呆，他不顾管，径自去了。他的儿子名叫乐生，是个顽皮孩子（关于此人，我另有记录），跟了他去。父子两人在南高桥上站了一会，看见一只快船驶来，锣声喤喤不绝。他就问："谁中了？"船上人说；"丰镱，丰镱！"乐生先逃，麻子三大伯跟着他跑。旁人不知就里，都说："乐生又闯了祸了，他老子在抓他呢。"

麻子三大伯跑回来，闯进店里，口中大喊："斛泉中了！斛泉中了！"父亲正在蒙被而卧。麻子三大伯喊到他床前，父亲讨厌他，回说："你不要瞎说，是四哥，不是我！"四哥者，是我的一个堂伯，名叫丰锦，字浣江，那年和父亲一同去大比的。但过了不久，报事船已经转进后河，锣声敲到我家里来了。"丰镱接诰封！丰镱接诰封！"一大群人跟了进来。我

_____

① 当时发榜常在农历九月初九，取重九登高之意。

父亲这才披衣起床，到楼下去盥洗。祖母闻讯，也扶病起床。

　　我家房子是向东的，于是在厅上向北设张桌子，点起香烛，等候新老爷来拜北阙。麻子三大伯跑到市里，看见团子、粽子就拿，拿回来招待报事人。那些卖团子、粽子的人，绝不同他计较。因为他们都想同新贵的人家结点缘。但后来总是付清价钱的。父亲戴了红缨帽，穿了外套走出来，向北三跪九叩，然后开诰封。祖母头上拔下一支金挖耳来，将诰封挑开，这金挖耳就归报事人获得。报事人取出"金花"来，插在父亲头上，又插在母亲和祖母头上。这金花是纸做的，轻巧得很。据说皇帝发下的时候，是真金的，经过人手，换了银花，再换了铜花，最后换了纸花。但不拘怎样，总之是光荣。表演这一套的时候，我家里挤满了人。因为数十年来石门湾不曾出过举人，所以这一次特别稀奇。我年方四岁，由奶妈抱着，挤在人丛中看热闹，虽然莫明其妙，但到现在还保留着模糊的印象。

　　两个报事人留着，住在店楼上写"报单"。报单用红纸，写宋体字："喜报贵府老爷丰镮高中庚子辛丑恩政并科第八十七名举人。"自己家里挂四张，亲戚每家送两张。这"恩政并科"便是最后一科，此后就废科举，办学堂了。本来，中了举人之后，再到北京"会试"，便可中进士，做官。举人叫作金门槛，很不容易跨进；一跨进之后，会试就很容易，因为人数很少，大都录取。但我的父亲考中的是最后一科，所以不得会试，没有官做，只得在家里设塾授徒，坐冷板凳了。这是后话。且说写报单的人回去之后，我家就举行"开贺"。房子狭窄，把灶头拆掉，全部粉饰，挂灯，结彩。附近各县知事，以及远近亲友都来贺喜，并送贺仪。这贺仪倒是一笔收入。有些人要"高攀"，特别送得重。客人进门时，外面放炮三声，里面乐人吹打。客人叩头，主人还礼。礼毕，请客吃"跑马桌"。跑马桌者，不拘什么时候，请他吃一桌酒。这样，免得大排筵席，倒是又简便又隆重的办法。开贺三天，祖母天天扶病下楼来看，病也似乎好了一点。父亲应酬辛劳，全靠鸦片借力。但祖母经过这番兴奋，终于病势日渐沉重起来。父亲连忙在祖坟上立旗杆。不多久，祖母病危了。弥留时问父亲："坟上旗杆立好了吗？"父亲回答："立好了。"祖母含笑而逝。于是开吊，出丧，又是一番闹热，不亚于开贺的时候。大家说："这老太太真好福气！"我还记得祖母躺在尸床上时，父亲拿一叠纸照在她紧闭的眼前，含泪说道："妈，我还没有把文章给你看过。"其声呜咽，闻者下泪。后来我知道，这是父亲考中举人的文章的稿子。那时已不用八股文而用策论，题目是《汉宣帝信赏必罚，综核名实论》和《唐太宗盟突厥于便桥，宋真宗盟契丹于澶州论》。

　　父亲三十六岁中举人，四十二岁就死于肺病。这五六年中，他的生活实在很寂寥。每天除授徒外，只是饮酒看书吸鸦片。他不吃肥肉，难得吃些极精的火腿。秋天爱吃蟹，向市上买了许多，养在缸里，每天晚酌吃一只。逢到七夕、中秋、重阳佳节，我们姐妹四五人也都得吃。下午放学后，他总在附近沈子庄开的鸦片馆里度过。晚酌后，在家吸鸦片，直到更深，再吃夜饭。我的三个姐姐陪着他吃。吃的是一个皮蛋，一碗冬菜。皮蛋切成三份，父亲吃一份，姐姐们分食两份。我年幼早睡，是没有资格参与的。父亲的生活不得不如此清苦。因为染坊店收入有限，束脩①更为微薄，加上两爿大商店（油车、当铺）的"出官"②每年送一二百元外，别无进账。父亲自己过着清苦的生活，他的族人和亲戚却沾光不少。凡是同他并辈的亲族，都称老爷奶奶，下一辈的都称少爷小姐。利用这地位而作威作福的，颇不乏人。我是嫡派的少爷。常来当差的褚老五，带了我上街去，街上的人都起敬，糕店送我糕，果店送我果，总是满载而归。但这一点荣华也难久居，我九岁上，父亲死去，我们就变成孤儿寡妇之家了。

---

① 指老师的酬金。
② 指商家借举人老爷之名得到保障而支付的酬金。

爸爸的扇子

/ 丰子恺

从烧野火饭这一天——立夏日——起，爸爸手里拿了一把折扇。虽然一个月来天气很冷，有几天他还穿棉袍子，但是这把扇子难得离开他的手。我们每天放学回家，看见他总是读着扇子上的字画，在院中徘徊。因为这正是他每天著述工作完毕而开始休息的时候，而他的休息时间娱乐法，最近已由种花种菜改变为读扇与院中散步了。

这曾经使得徐妈奇怪。她有一次对我说："你爸爸每天看那把扇子，看了这多天还看不厌，真耐烦呢！"我笑起来。原来她没有知道，爸爸有一藤篮的折扇，据姆妈说，大约共有一百多把。这是他历年请人书画，积受起来的。每年立夏过后，他就用扇，一两天调换一把。徐妈不知道这一点，以为他看的老是这一把，所以奇怪起来。我把这情形告诉了她，她更加奇怪了："咦！一个人有一百多把扇子，好开爿扇子店了！扇子店里也拿不出这许多呢！"

姆妈对于他这点特癖，也常表示不赞成。娘舅家的叶心哥哥入中学时，姆妈向藤篮里拣扇子，对爸爸说："你一个人也用不得这许多扇子。叶心很爱好字画，拣一把没有款识的送他作为入中学的纪念品吧。"但是爸爸不肯，反抗地说："我的扇子都有印子，都有年代，而且每一把可以引起对于一书一画的两个朋友的怀念，怎么好拿去送人？你要送叶心，我自己画一把送他吧。倒比送现成的来得诚意。"以后他就把盛扇子的藤篮藏好。因此我们难得看见爸爸的扇子。最近他虽然天天拿着扇子，我们也只看见他拿着扇子而已，没有机会去细看他扇子上写着的字和描着的画。

今天放学回家后，弟弟从便所出来，笑嘻嘻地告诉我说："爸爸的一件宝贝落在我手里了。你看！"他拿出一把扇子来。我接过来一看，正是这几天爸爸手里常常拿着的一把。料想这一定是爸爸遗忘在便所里的。弟弟说："我们暂时不要还他。等他找的时候，要他讲个故事来交换！"我很赞成。同时我想："爸爸天天捧着扇子在院子里踱来踱去地看，究竟扇子上有些什么花样？现在让我仔细看它一看。"但见一面写着字，全是草书，一个也识不得；一面描着画，有山，有树木，山间有一间房子，房子的窗洞里面有一个人，驼着背脊，伸着头颈，好像一只猢狲，看了令人觉得可笑。别的东西也都奇怪：那山好像草柴堆，一条一条的皱纹非常显著。那树木好像玩具，上面的树叶子寥寥数张，可以数得清楚。那房子小得很，只有一个窗洞，窗洞中只容一个人。而且孤零零的，旁边没有邻居，前后左右只是山和树。我不禁代替那猢狲似的人着急：设想到了晚上，暴风雨把这房子吹倒了，豺狼虎豹来吃这人了，喊"地方救命"①也没人答应。细看这环境里，全是荒山丛林，没有种米的田、种菜的地，不知这人吃些什么过活？这总是爸爸的朋友中的某一位画家所描的，不知这位画家为什么选择这样的光景来描在爸爸的扇子上？难道他自己欢喜住在这样的地方？不然，难道是爸爸欢喜住在这种地方，特地请他这样描的？我心中诧异得很，就把这感想告诉弟弟。弟弟说："上面有字呢。你看他怎么说的？"我把扇子左角上题着的两句诗念出来："闲坐小窗读《周易》，不知春去几多时。"《周易》我知道的，是中国很古的又很难读的一部古书，就对弟弟说："啊，原来这人住在这荒山中读古书，读得连日子都忘记，春去了几多时也不晓得呢！"弟弟说："前天我们班里

———————————————
① 意为呼喊附近一带地方上的人来救命。

的陈金明在日记簿子上写错了日子，先生骂他'糊涂'。这人连春去了几多时也不晓得，真是糊涂透顶了！"他想了一想，又自言自语地说："扇子上为什么描这样的画，又题这样的诗？这有什么好处呢？"

外面有爸爸懊恼的声音："到哪里去了？我明明记得放在便所里的脸盆架上的，怎么寻破了天也不见……"弟弟向我缩缩头颈，伸伸舌头，拿了扇子就走，我也跟他出去。弟弟把扇子藏在背后，对爸爸说："爸爸找扇子么？我能给你寻着，倘你肯讲个故事给我们听。"爸爸知道他的花样，一面拉着他搜索，一面笑着说："你还了我扇子，晚上讲故事给你听。"弟弟背后的扇子就被他搜去。他把扇子展开来反复细看，看见没有损坏，才表示放心。我乘机把关于画的怀疑质问他："为什么他给你画上一个住在可怕的荒山里，而糊涂得连日子都忘记的人在扇子上？"爸爸笑一笑说："这原是过去时代的大人所欢喜的画，你们当然不会欢喜，也不应该欢喜。"我更奇怪了，接着又问："过去的大人为什么欢喜这个呢？"爸爸坐在藤椅上，兴味津津地告诉我这样的话：

"中国古时，人口没有现今这么多，交通没有现今这么方便，事务没有现今这么忙，因此人的生活很安闲，种田吃饭、织布穿衣之外，可以从容地游山玩水。有的人终年住在山水间，平安地过着清静的生活。但这是远古时代的情形了。到后来，世间渐渐混乱，事务渐渐繁忙，人的生活已不容那么安闲。但是中国人有一种特别的脾气，就是'好古'。对于无论什么东西，总以为现在的坏，古代的好。于是生在繁忙时代的人极口赞美古代的清静生活，一心想回转去做古人才好。这梦想就在他们的画里表现出来。在京里做官的画家，偏偏喜画寒江上钓鱼一类的隐居生活；住在闹市里的画家，偏偏喜画荒山中读古书一类的清闲生活，山水画得越荒越好，人物画得越闲越好。"他指点他的扇子继续说，"于是产生了这样的没有邻侣，没有粮食，不怕风雨，不怕虎狼，而忘记了日子的荒山读《易》图。这原是不近人情的，但在他们看来，越不近人情越好。"说到这里他讥讽地笑起来。接着又认真地说："可是现在这种画不能使多数人欢喜了。因为现在这时代交通这么方便，生存竞争这么烈，人生的灾难这么多，人们渐渐知道做过去的梦，无济于事；对于描写过去的闲静生活的画，也就减却了兴味。你们是现代人，在学校里受着现代人的教育，所以你们不会欢喜这种画，也不应该欢喜这种画。不但你们，就是我，对于这种画也不能发生切身的兴味。只是这把扇是三十年前的旧物，我把它当作纪念品看待，当作古董赏玩罢了。"爸爸折叠了扇子，立起身来，用了另一种兴味津津的语调继续说："扇面是中国特有的一种绘画呢！要在弧形的框子里构一幅美观的图，倒是一件很不容易而很有趣味的事呢！其实画扇面不必依照古法，老是画些山水花卉，西洋画风的现代生活的题材，也可巧妙地装进弧形的构图中去。你们不妨试描描看，很有趣味的。"夜饭的碗筷已经摆在桌上。爸爸说过后捧了他的宝贝回进书室去，预先把它藏好了再来吃夜饭。我对于他最后的几句话觉得很有兴味，预备去买一张扇面来试描一下看。

滕回生堂的今昔[①]

/ 沈从文

我六岁左右时害了疳疾[②]，一张脸黄姜姜的，一出门身背后就有人喊"猴子猴子"。回过头去搜寻时，人家就咧着白牙齿向我发笑。扑拢去打吧，人多得很；装作不曾听见吧，那与本地人的品德不相称。我很羞愧，很生气。家中外祖母听从庸妇、挑水人、卖炭人与隔邻轿行老妇人出主意，于是轮流要我吃热灰里焙过的"偷油婆[③]""使君子[④]"，吞雷打枣子木的炭粉、黄纸符烧纸的灰渣，诸如此类药物。另外还逼我诱我吃了许多古怪东西。我虽然把这些很稀奇的丹方试了又试，蛔虫

---

① 原载一九三五年一月《国闻周报》十二卷二期，原题为《滕回生堂的今昔——湘行散记之一》。
② 中医病名。此病多由脾胃损伤或虫积所致。
③ 即蟑螂。
④ 一种中药，有消积杀虫之效。

成绞成团地排出，病还是不得好，人还是不能够发胖。照习惯说来，凡为一切药物治不好的病，便同"命运"有关。家中有人想起了我的命运，当然不乐观。

关心我命运的父亲，有一天特别请了一个卖卜算命土医生来为我推算流年，想法禳解命根上的灾星。这算命人把我生辰支干排定后，就向我父亲建议：

"大人，少爷属双虎，命大，把少爷拜给一个吃四方饭的人做干儿子，每天要他吃习皮草蒸鸡肝，有半年包你病好。病不好，把我回生堂牌子甩了丢到长河潭里去！"

父亲既是个军人，毫不迟疑地回答说：

"好，就照你说的办。不用找别人，今天日子好，你留在这里喝酒，我们打了干亲家吧。"

两个爽快单纯的人既同在一处，我的"命运"便被他们派定了。

一个人若不明白我那地方的风俗，对于我父亲的慷慨处会觉得稀奇。其实这算命的当时若说"大人，把少爷拜寄给城外碉堡旁大冬青树吧"，我父亲还是会照办的。一株树或一片古怪石头，收容三五十个干儿子，原是件极平常事情。且有人拜寄牛栏的或拜寄井水的，人神同处日子竟过得十分调和，毫无龃龉。

我那干爹除了算命卖卜以外，原来还是个出名草头医生，是个拳棒家。尖嘴尖脸如猴子，一双黄眼睛炯炯放光，身材虽极矮小，实可谓心雄万夫。他把铺子开设在一城热闹中心的东门桥头上，字号名"滕回生堂"。那长桥两旁一共有二十四间铺子，其中四间正当桥垛墩，比较宽敞，他就占了有垛墩的一间。住处分前后两进，前面是药铺，后面住家。铺子中罗列有穿山甲、羚羊角、马蜂窠、猴头、虎骨、牛黄、狗宝，无一不备。最多的还是那几百种草药，成束成把的草根木皮，堆积如山，一屋中也就长年为草药蒸发的香味所笼罩。

铺子里间房子窗口临河，可以俯瞰河里来去的柴炭船、米船、甘蔗船。河身下游约半里，有了转折，因此迎面对窗便是一座高山，那山头春夏之际作绿色，秋天作黄色，冬天为烟雾包裹时作蓝色，为雪遮盖时只一片眩目白色。屋角隅陈列了各种武器，有青龙偃月刀、齐眉棍、连枷、钉钯。此外还有一个似桶非桶、似盆非盆的东西，原来这是我那干爹年轻时节习站功所用的宝贝。他学习拉弓，想把腿脚姿势弄好，每个晚上蜷伏到那木桶里去熬夜。想增加气力，每早从桶中爬出时还得吃一条黄鳝的鲜血。站了木桶两整年，吃了数百条黄鳝，临到应考时，却被一个习武的仇人揭发他身份不明，取消了考试资格。他因此抖气①离开了家乡，来到武士荟萃的凤凰县卖卜行医。为人既爽直慷慨，且能喝酒划拳，极得人缘，生涯也就不恶。做了医生尚舍不得把那个木桶丢开，可想见他还不能对那宝贝忘情。

他家中有个太太，两个儿子。太太大约一年中有半年皆把手从大袖筒缩到衣里去，藏了个小火笼在衣里烘烤，眯着眼坐在药材中，简直是一只大猫。两个儿子大的学习料理铺子，小的上学读书。两老夫妇住在屋顶，两个儿子住在屋下层桥墩上。地方虽不宽绰，那里也用木板夹好，有小窗小门，不透风，光线且异常良好。桥墩尖劈形处，石罅里有一架老葡萄树，得天独厚，每年皆可结许多球葡萄。另外还有一些小瓦盆，种了牛膝、三七、铁钉台、隔山消等等草药。尤其古怪的是一种名为"罂粟"的草花，还是从云南带来的，开着艳丽煜目②的红花，花谢后枝头缀了绿色果子，果子里据说就有鸦片烟。当时本县还不会种鸦片烟，烟土全是云南、贵州来的。

---

① 意为发脾气、赌气。
② 意为耀眼醒目。

当时一城人谁也不见过这种东西，因此常常有人老远跑来参观。当地一个拔贡还作了两首七律诗，赞咏那个稀奇少见的植物，把诗贴到回生堂武器陈列室板壁上。

桥墩离水面高约四丈，下游即为一潭，潭里多鲤鱼、鳜鱼。两兄弟把长绳系个钓钩，挂上一片肉，夜里垂放到水中去，第二天拉起就常常可以得一尾大鱼。但我那干爹却不许他们如此钓鱼，以为那么取巧，不是一个男子汉所当为。虽然那么骂儿子，有时把钓来的鱼不问死活依然掷到河里去，有时也会把鱼煎好来款待客人。他常奖励两个儿子过教场去同兵将子弟寻衅打架，大儿子常常被人打得头破血流回来时，做父亲的一面为他敷那秘制药粉，一面就说："不要紧，不要紧，三天就好了。你怎么不照我教你那个方法把那苗子①放倒？"说时有点生气了，就在儿子额角上一弹，加上一点惩罚，看他那神气，就可明白站木桶考武秀才被屈，报仇雪耻的意识还存在。

我得了这样一个干爹，我的命运自然也就添了一个注脚，便是"吃药"了。我从他那儿大致尝了一百样以上的草药。假若我此后当真能够长生不老，一定便是那时吃药的结果。我倒应当感谢我那个命运，从一份吃药经验里，因此分别得出许多

---

① 旧时湘西地区对苗族人的轻蔑称呼。

草药的味道、性质以及它的形状，且引起了我此后对于辨别草木的兴味。其次是我吃了两年多鸡肝。这一堆药材同鸡肝，很显然地，对于此后我的体质同性情都大有影响。

那桥上有洋广杂货店，有猪牛羊屠户案桌，有炮仗铺与成衣铺，有理发馆，有布号与盐号。我既有机会常常到回生堂去看病，也就可以同一切小铺子发生关系。我很满意那个桥头，那是一个社会的雏形，从那方面我明白了各种行业，认识了各样人物。凸了个大肚子、胡须满腮的屠户，站在案桌边，扬起大斧擦地一砍，把肉剁下后随便一称，就猛向人菜篮中掼去，那神气真够神气。平时以为这人一定极其凶横蛮霸，谁知他每天拿了猪脊髓过回生堂来喝酒时，竟是个异常和气的家伙。其余如剃头的、缝衣的，我同他们认识以后，看他们工作，听他们说些故事新闻，也无一不是很有意思。我在那儿真学了不少东西，知道了不少事情。所学所知比从私塾里得来的书本知识当然有趣得多，也有用得多。

那些铺子一到端午时节，就如我写《边城》故事那个情形，河下竞渡龙船，从桥洞下来回过身时，桥上人皆用叉子，挂了小百子鞭炮悬出吊脚楼，"必必拍拍"地响着。夏天河中涨了水，一看上游流下了一只空船、一匹畜牲、一段树木，这些小商人为了好义或好利的原因，必争着很勇敢地从窗口跃下，浮水去追赶那些东西。不管漂流多远，总得把那东西救出。关于救人的事，我那干爹总不落人后。

他只想亲手打一只老虎，但得不到机会。他说他会点血①，但从不见他点过谁的血②。

民国二十二年③旧历十二月十一，距我同那座大桥分别时将近十八年，我又回到了那个桥头。这是我的故乡、我的学校，试想想，我当时心中怎样激动！离城二十里外我就见着了那条小河，傍着小河溯流而上，沿河绵亘数里的竹林，发蓝垒翠的山峰，白白阳光下造纸坊与制糖坊，水磨与水车，这些东西使我感动得真厉害！后来在一个石头碉堡下，我还看到一个穿号褂的团丁，送了个头裹孝布的青年妇人过身④。那黑脸、小嘴、高鼻梁青年妇人，使我想起我写的《凤子》故事中的角色。她没有开口唱歌，然而一看却知道这妇人的灵魂是用歌声喂养长大的。我已来到我故事中的空气里了，我有点儿痴。环境空气，我似乎十分熟悉，事实上一切都已十分陌生！

---

① 此处为作者误写，应为点穴。——编者注
② 血应为"穴"。——编者注
③ 即一九三三年。
④ 意为经过、路过。

见大桥时约在下午两点左右，正是市面顶热闹时节。我从一群苗人一群乡下人中拥挤上了大桥，各处搜寻后没有发现"滕回生堂"的牌号。回转家中我并不提起这件事。第二天一早，我得了出门的机会，就又跑到桥上去，排家注意，在桥头南端，被我发现了一家小铺子。铺子中堆满了各样杂货，货物中坐定了一个瘦小如猴、干瘪瘪的中年人。从那双眯得极细的小眼睛，我记起了我那个干妈。这不是我那干哥哥是谁？

我冲近他摊子边时，那人就说：

"唉，你要什么？"

"我要问你一个人、一件事，你是不是松林？"

里间孩子哭起来了，顺眼望去，杂货堆里那个圆形大木桶里面，正睡了一对大小相等仿佛孪生的孩子。我万想不到圆木桶还有这种用处。我话也说不来了。

但到后我告给他我是谁，他把小眼睛愣着瞅了我许久，一切弄明白后，便慌张得只是搓手撂舌头，赶忙让我坐到一捆麻上去。

"是你！是茂林！……""茂林"是干爹给我起的名字。

我说："大哥，正是我！我回来了！老人家呢？"

"五年前早过世了！"

"嫂嫂呢？"

"六月里过去了！剩下两只小狗。"

"保林二哥呢？"

"他在辰州你不见到他？他做了王村禁烟局局长，有出息，讨了个乖巧屋里人①，乡下买得七十亩田，做员外！"

我各处一看，卦桌不见了，横招不见了，触目皆是草鞋。"你不算命了吗？"

"命在这个人手上，"他说时翘起一个大拇指，"这里人已没有命可算！"

"你不卖药了吗？"

"城里有四个官药铺、三个洋药铺。苗人都进了城，卖草药人多得很，生意不好做！"

———————————————

① 意为媳妇、老婆。

他虽说不卖药了，小屋子里其实还有许多成束成捆的草药。而且恰好这时就有个兵士来买"一点白"。把药找出给人后，他只捏着那两枚当一百的铜元，向我呆呆地笑。大约来买药的也不多了，我来此给他开了一个利市。

他一面茫然地这样那样数着老话，一面还尽瞅着我。忽然发问：

"你从北京来南京来？"

"我在北京做事！"

"做什么事？在中央，在宣统皇帝手下？"

我就告他既不在中央，也不是宣统手下。他只作成相信不过的神气，点着头，且极力退避到屋角隅去，俨然为了安全非如此不成。他心中一定有一个新名词作祟："你可是个共产党？"他想问却不敢开口，他怕事。他只轻轻地自言自语说："城里前年杀了两个，一刀一个。那个韩安世是韩老丙儿子。"

有人来购买烟签，他便指点人到对面铺子去买。我问他这桥上铺子为什么都改成了住家户。他就告我，这桥上一共有十家烟馆，十家烟馆里还有三家可以买黄吗啡。此外又还有五家卖烟具的杂货铺。

一出铺子到城边时，我就碰着一个烟帮过身，两连护送兵各背了本地制最新半自动步枪，人马成一个长长队伍，共约三百二十余担黑货，全是从贵州来的。

我原本预备第二天过河边为这长桥摄一个影，留个纪念，一看到桥墩，想起十七年前①那钵罂粟花，且同时想起目前那十家烟馆、五家烟具店，这桥头的今昔情形，把我照相的勇气同兴味全失去了。

① 即一九一七年。本文写于一九三四年十二月。

我的父亲

/ 茅盾

我的父亲名永锡，字伯蕃（小名景崧），一八七二年生，比我母亲大三岁。父亲十六岁中秀才，那时曾祖父经商顺利，很希望儿孙辈能从科举出身，改换门庭。他知道长孙少年中了秀才，十分高兴，严厉督促我父亲攻读八股，希望他能中个举人。但是我的父亲订了婚以后，却想到丈人那里学医。此时父亲十九岁，下过一场乡试，没有中。他知道老一辈（祖父一辈）三房全靠曾祖父挣钱养活，而自己的父亲也是吃现成饭的，自己连弟妹有六人之多，食指繁多，来日大难。即使曾祖父有几万家当，老三房分后，轮到他这一辈，还能分得多少？没有一技之长，将来如何过活？这是他要学医的根本理由。

我的外祖父此时身边已有五个大弟子，早已声言不再收门生，但对未来的女婿却不好拒绝，问题在曾祖父能不能同意。

祖父为此向曾祖父请示，曾祖父不许，祖父不敢再请示。于是我的父亲自己写信给曾祖父，婉转说明学医与举业可以并行不悖，又举古代及清朝若干有名官吏都兼通医道为证。这样往返再三请求，曾祖父才勉强同意。

我父亲到岳父家学医时，我的外祖父身边的五个大弟子，都比我父亲年纪大；也都已结婚生了子女。他们在外祖父处学了五六年，本来可以自立诊所行医了，但他们都想从这位年事已高的老师那里多学些临床经验，都不肯走。那时，外祖父正在写一部医学书，这些大弟子也争着要当助手。外祖父规定：每天门诊不超过五人，出诊（本镇）不超过二人。外地来请，一概谢绝。那时，外祖父的堂弟渭卿也在镇上行医多年（他小于外祖父十岁，但也有五十来岁了，有一独子粟香，也学医，已娶妻，生二女），医道也不坏，但因我外祖父名声太大，所以到渭卿那边求诊的就比较少。我的外祖父既然规定自己每日门诊、出诊的数目，凡额外的病人，他就介绍到渭卿那里，并且诚恳地对病家说：我这堂弟，本事和我一般好，而比我年轻，精力充沛，请他诊治，比请我可靠。从此陈渭卿的名声就蒸蒸日上，外祖父故世后，他成为杭、嘉、湖、苏一带的名医。陈渭卿这一家是外祖父家唯一的近族，也是外祖父家在江南唯一的同族。据我的母亲说，陈家在江、浙两省也许还有本家，但早在太平天国军兴以前就不通音问，无从查考了。

外祖父如约在女儿十九岁办喜事，为此，他化①了一千五百两银子；他对女儿说，从前他自己娶钱氏（女儿的生母），只化二百两，现在情况不同了，他手头有钱，女儿女婿都是他所喜爱的，而且听说沈家老太爷出手阔绰，他不能显得寒酸相。后来，听说我曾祖父汇来两千两银子给长孙办喜事，外祖父临时添了五百两，那是现金（银元），给填箱用的。（填箱，旧时婚姻，女家办嫁妆，一般的只是一橱两箱，外加桌、椅、春凳、瓷器、铜锡器用具等，富有者倍之。这是我的家乡的风俗。至于首饰，不在这成规以内。箱里除装满四季衣服外，每只箱子底置制钱②二三千，谓之填箱；富有者填箱不用制钱，而用银元。外祖父为女儿治的嫁妆，是两橱四箱，四箱者，一个矮橱，上堆两大一小三只箱子，共四叠，计大小十二只箱子，每只箱填银元一百，共八百，约合银五百两。至于当时的官僚、大地主、大商人办喜事，要奢侈得多。）

我的父亲因为学医未卒业，故结婚满月后仍到外祖父家居住。外祖父叫我的母亲也去，仍旧管家。我的父亲早已知道

---

① 意为"花"，指花钱。下同。
② 明清两朝官方监制铸造的铜钱，因形式、分量、成色有定制，故名。

我母亲知书识字，婚后就考问她读过一些什么书。考问以后，我的父亲又高兴又不高兴。高兴的是：我母亲读过"四书五经"，《唐诗三百首》、《古文观止》、《列女传》、《幼学琼林》、《楚辞集注》（朱熹）等书，而且能解释。不高兴的是：这些书，在父亲看来，都是不切实用的。于是他首先要母亲读《史鉴节要》，这是一部以《御批通鉴辑览》为底本而加以增删的简要的中国通史，上起三皇五帝，下迄清朝末叶，太平军兴以前。这书自然是文言，而且直抄《资治通鉴》者也不少，幸而母亲有《诗经》《唐诗三百首》等基础，读时并不困难。虽然她这时还管外祖父的家务，但因早已管惯了，驾轻就熟，不费气力，尽有时间静心读书。不比在沈家，上面有一大辈的婆婆、婶婶，下面有一大堆的叔叔、小姑，房屋小，挤在一处，乱哄哄地不得安宁，何论读书。

我的父亲接着叫母亲读的，是《瀛环志略》，是他到杭州乡试时买来的。他自己很喜欢这部书，也要母亲读。这是一部浅近的关于世界各国历史地理的书。文言，没有什么典故，但母亲却感到困难，因为书内讲到的事，太生疏了。

外祖父的医学著作，写成了初稿，名为《内经素问校注新诠》；校注者谓对前人注释有所取舍也，新诠者谓于旧注之外复就自己临床经验有新的发挥也。外祖父的大弟子有一二人对此书感兴趣，各抄了一份，我的父亲也抄了一份。直到三十年后，我的表兄陈蕴玉（以后还要讲到他）从我家借了这书稿去，说是打算私资付印，可是后来这个花花公子既未付印，连原稿都遗失了。

我的父亲、母亲婚后住在外祖父家直到我的曾祖父告老回家。那时我已满周岁半。我出生的时候，曾祖父还在梧州税关上，家里给他打了电报，因为我是长房长曾孙，他来信给我取个小名叫燕昌，大名叫德鸿。按照沈家排行，我父亲一辈的名字中间是永字，下边一个字是金字旁。我父亲名永锡，这是用的《诗经》上的一句"孝子不匮，永锡尔类"。我这一辈是德字排行，下面一个字要用水旁（按照五行，金下应是水），所以我的名字叫德鸿。小名为什么取燕昌呢？因为这一年梧州税关来的燕子特别多，迷信认为这是祥兆，就取了这个小名。但是我这小名从来没有用过，家中人自祖父母以下都不叫我小名，而叫我德鸿。

从此以后，我的母亲算是正式离开娘家住到婆家来了。我的舅舅（外祖父的老来子）此时有十来岁了。他一向是我母亲照管的，他怕姊姊（我的母亲）甚于怕他的父亲，虽然我的母亲从没骂他，更不用说打他了。

父亲的记忆

/ 孙犁

父亲十六岁到安国县（原先叫祁州）学徒，是招赘在本村的一位姓吴的山西人介绍去的。这家店铺的字号叫永吉昌，东家是安国县北段村张姓。

店铺在城里石牌坊南。门前有一棵空心的老槐树。前院是柜房，后院是作坊——榨油和轧棉花。

我从十二岁到安国上学，就常常吃住在这里。每天掌灯以后，父亲坐在柜房的太师椅上，看着学徒们打算盘。管账的先生念着账本，人们跟着打，十来个算盘同时响，那声音是很整齐很清脆的。打了一通，学徒们报了结数，先生把数字记下来，说：去了。人们扫清算盘，又聚精会神地听着。

在这个时候，父亲总是坐在远离灯光的角落里，默默地抽着旱烟。

我后来听说，父亲也是先熬到先生这一席位，念了十几年账本，然后才当上了掌柜的。

夜晚，父亲睡在库房。那是放钱的地方，我很少进去，偶尔从撩起的门帘缝望进去，里面是很暗的。父亲就在这个地方，睡了二十几年，我是跟学徒们睡在一起的。

父亲是一九三七年，"七七"事变以后离开这家店铺的，那时兵荒马乱，东家也换了年轻一代人，不愿再经营这种传统的老式的买卖，要改营百货。父亲守旧，意见不合，等于是被辞退了。

父亲在那里，整整工作了四十年。每年回一次家，过一个正月十五。先是步行，后来骑驴，再后来是由叔父用牛车接送。我小的时候，常同父亲坐这个牛车。父亲很礼貌，总是在出城以后才上车，路过每个村庄，总是先下来，和街上的人打招呼，人们都称他为孙掌柜。

父亲好写字。那时学生意，一是练字，一是练算盘。学徒三年，一般的字就写得很可以了。人家都说父亲的字写得好，连母亲也这样说。他到天津做买卖时，买了一些旧字帖和破对联，拿回家来叫我临摹。父亲也很爱字画，也有一些收藏，都是很平常的作品。

抗战胜利后，我回到家里，看到父亲的身体很衰弱。这些年闹日本，父亲带着一家人，东逃西奔，饭食也跟不上。父亲在店铺中吃惯了，在家过日子，舍不得吃些好的，进入老年，身体就不行了。见我回来了，父亲很高兴。有一天晚上，一家人坐在炕上闲话，我絮絮叨叨地说我在外面受了多少苦，担了多少惊。父亲忽然不高兴起来，说："在家里，也不容易！"回到自己屋里，妻抱怨说："你应该先说爹这些年不容易！"

那时农村实行合理负担，富裕人家要买公债，又遇上荒年，父亲不愿卖地，地是他的性命所在，不能从他手里卖去分毫。他先是动员家里人卖去首饰、衣服、家具，然后又步行到安国县老东家那里，求讨来一批钱，支持过去。他以为这样做很合理，对我详细地描述了他那时的心情和境遇，我只能默默地听着。

父亲是一九四七年五月去世的。春播时，他去耧耧，出了汗，回来就发烧，一病不起。立增叔到河间，把我叫回来。我到地委机关，请来一位医生，医术和药物都不好，没有什么效果。

父亲去世以后，我才感到有了家庭负担。我旧的观念很重，想给父亲立个碑，至少安个墓志。我和一位搞美术的同志，到店子头①去看了一次石料，还求陈肇同志给撰写了一篇很简短的碑文。不久就土地改革了，一切无从谈起。

父亲对我很慈爱，从来没有打骂过我。到保定上学，是父亲送去的。他很希望我能成材，后来虽然有些失望，也只是存在心里，没有当面斥责过我。在我教书时，父亲对我说："你能每年交我一个长工钱，我就满足了。"我连这一点也没有做到。

父亲对给他介绍工作的姓吴的老头，一直很尊敬。那老头后来过得很不如人，每逢我们家做些像样的饭食，父亲总是把他请来，让在正座。老头总是一边吃，一边用山西口音说："我吃太多呀，我吃太多呀！"

---

① 指店子头村，河北省衡水市安平县大子文乡下辖村，位于大子乡东北部。

回忆父亲①

/ 冰心

是除夜②的酒后，在父亲的书室里。父亲看书，我也坐近书几，已是久久的沉默——

我站起，双手支颐，半倚在几上，我唤："爹爹！"父亲抬起头来。"我想看守灯塔去。"

父亲笑了一笑，说："也好，整年整月地守着海——只是太冷寂一些。"说完仍看他的书。

我又说："我不怕冷寂，真的，爹爹！"

父亲放下书说："真的便怎样？"

---

① 选自冰心散文《往事·二》之八。
② 指除夕夜。

这时我反无从说起了！我耸一耸肩，我说："看灯塔是一种最伟大，最高尚，而又最有诗意的生活……"

父亲点头说："这个自然！"他往后靠着椅背，是预备长谈的姿势。这时我们都感着兴味了。

我仍旧站着，我说："只要是一样地为人群服务，不是独善其身；我们固然不必避世，而因着性之相近，我们也不必避'避世'！"

父亲笑着点头。

我接着："避世而出家，是我所不屑做的，奈何以青年有为之身，受十方供养？"

父亲只笑着。

我勇敢地说："灯台守的别名，便是'光明的使者'。他抛离田里，牺牲了家人骨肉的团聚，一切种种世上耳目纷华的娱乐，来整年整月地对着渺茫无际的海天。除却海上的飞鸥片帆，天上的云涌风起，不能有新的接触。除了骀荡的海风，和岛上崖旁转青的小草，他不知春至。我抛却'乐群'，只知'敬业'……"

父亲说："和人群大陆隔绝，是怎样的一种牺牲，这情绪，我们航海人真是透彻中边①的了！"言次，他微叹。

我连忙说："否，这在我并不是牺牲！我晚上举着火炬，登上天梯，我觉得有无上的倨傲与光荣。几多好男子，轻侮别离，弄潮破浪，狎习了海上的腥风，驱使着如意的桅帆，自以为不可一世，而在狂飙浓雾、海水山立之顷，他们却蹙眉低首，捧盘屏息，凝注着这一点高悬闪烁的光明！这一点是警觉，是慰安，是导引，然而这一点是由我燃着！"

父亲沉静的眼光中，似乎忽忽地起了回忆。

"晴明之日，海不扬波，我抱膝沙上，悠然看潮落星生。风雨之日，我倚窗观涛，听浪花怒撼崖石。我闭门读书，以海洋为师，以星月为友，这一切都是不变与永久。

"三五日一来的小艇上，我不断地得着世外的消息，和家人朋友的书函；似暂离又似永别的景况，使我们永驻在'的的②如水'的情谊之中。我可读一切的新书籍，我可写作，在文化上，我并不曾与世界隔绝。"

---

① 意为从里到外都非常透明通彻。中边，从里到外，由表及里。
② 音dí dí，意为的的确确。

父亲笑说："灯塔生活，固然极其超脱，而你的幻象，也未免过于美丽。倘若病起来，海水拍天之间，你可怎么办？"

我也笑道："这个容易——一时虑不到这些！"

父亲道："病只关你一身，误了燃灯，却是关于众生的光明……"

我连忙说："所以我说这生活是伟大的！"

父亲看我一笑，笑我词支①，说："我知道你会登梯燃灯；但倘若有大风浓雾、触石沉舟的事，你须鸣枪，你须放艇……"

我郑重地说："这一切，尤其是我所深爱的。为着自己，为着众生，我都愿学！"

父亲无言，久久，笑道："你若是男儿，是我的好儿子！"

我走近一步，说："假如我要得这种位置，东南沿海一带，爹爹总可为力？"

---

① 意为支支吾吾。

父亲看着我说："或者……但你为何说得这般的郑重？"

我肃然道："我处心积虑已经三年了！"

父亲敛容，沉思地抚着书角，半天，说："我无有不赞成，我无有不为力。为着去国离家，吸受海上腥风的航海者，我忍心舍遣我唯一的弱女，到岛山上点起光明。但是，唯一的条件，灯台守不要女孩子！"

我木然勉强一笑，退坐了下去。

又是久久的沉默——

父亲站起来，慰安我似的："清静伟大，照射光明的生活，原不止灯台守，人生宽广得很！"

我不言语。坐了一会，便掀开帘子出去。

弟弟们站在院子的四隅，燃着了小爆竹。彼此抛掷，欢呼声中，偶然有一两支掷到我身上来，我只笑避——实在没有同他们追逐的心绪。

回到卧室，黑沉沉地歪在床上。除夕的梦纵使不灵验，万一能梦见，也是慰情聊胜无。我一念至诚地要入梦，幻想中画出环境，暗灰色的波涛，峭然的白塔……

一夜寂然——奈何连个梦都不能做！

这是两年前的事了，我自此后，禁绝思虑，又十年不见灯塔，我心不乱。

这半个月来，海上瞥见了六七次，过眼时只悄然微叹。失望的心情，不愿它再兴起。而今夜浓雾中的独立，我竟极奋迅地起了悲哀！

丝雨蒙蒙里，我走上最高层，倚着船阑，忽然见天幕下，四塞的雾点之中，夹岸两嶂淡墨画成似的岛山上，各有一点星光闪烁——

船身微微地左右欹斜，这两点星光，也徐徐地在两旁隐约起伏。光线穿过雾层，莹然，灿然，直射到我的心上来，如招呼，如接引，我无言，久——久，悲哀的心弦，开始策策而动！

有多少无情有恨之泪，趁今夜都向这两点星光挥洒！凭吟啸的海风，带这两年前已死的密愿，直到塔前的光下——

　　从兹了结！拈得起，放得下，愿不再为灯塔动心，也永不做灯塔的梦，无希望的永古不失望，不希冀那不可希冀的，永古无悲哀！

　　愿上帝祝福这两个塔中的燃灯者！——愿上帝祝福有海水处，无数塔中的燃灯者！愿海水向他长绿，愿海山向他长青！愿他们知道自己是这一隅岛国上无冠的帝王，只对他们，我愿致无上的颂扬与羡慕！

爸爸的花儿落了，我也不再是小孩子①

/ 林海音

新建的大礼堂里，坐满了人；我们毕业生坐在前八排，我又是坐在最前一排的中间位子上。我的襟上有一朵粉红色的夹竹桃，是临来时妈妈从院子里摘下来给我别上的。她说：

"夹竹桃是你爸爸种的，戴着它，就像爸爸看见你上台一样！"

爸爸病倒了，他住在医院里不能来。

昨天我去看爸爸，他的喉咙肿胀着，声音是低哑的。我告诉爸爸，行毕业典礼的时候，我代表全体同学领毕业证书，并且致谢词。我问爸爸，能不能起来，参加我的毕业典礼？六

---

① 选自《城南旧事》，杭州：浙江文艺出版社，二〇一七年二月。

年前他参加了我们学校的那次欢送毕业同学同乐会时，曾经要我好好用功，六年后也代表同学领毕业证书和致谢词。今天，"六年后"到了，老师真的选了我做这件事。

爸爸哑着嗓子，拉起我的手笑笑说：

"我怎么能够去？"

但是我说：

"爸爸，你不去，我很害怕，你在台底下，我上台说话就不发慌了。"

爸爸说：

"英子，不要怕，无论什么困难的事，只要硬着头皮去做，就闯过去了。"

"那么爸爸不也可以硬着头皮从床上起来，到我们学校去吗？"

爸爸看着我，摇摇头，不说话了。他把脸转向墙那边，举起他的手，看那上面的指甲。然后，他又转过脸来叮嘱我：

"明天要早起，收拾好就到学校去，这是你在小学的最后一天了，可不能迟到啊！"

"我知道，爸爸。"

"没有爸爸，你更要自己管自己，并且管弟弟和妹妹，你已经大了，是不是？"

"是。"我虽然这么答应了，但是觉得爸爸讲的话很使我不舒服，自从六年前的那一次，我何曾再迟到过？

当我上一年级的时候，就有早晨赖在床上不起床的毛病。每天早晨醒来，看到阳光照到玻璃窗上了，我的心里就是一阵愁：已经这么晚了，等起来，洗脸，扎辫子，换制服，再到学校去，准又是一进教室被罚站在门边，同学们的眼光，会一个个向你投过来，我虽然很懒惰，却也知道害羞呀！所以又愁又怕，每天都是怀着恐惧的心情，奔向学校去。最糟的是爸爸不许小孩子上学坐车的，他不管你晚不晚。

有一天，下大雨，我醒来就知道不早了，因为爸爸已经在吃早点。我听着，望着大雨，心里愁得不得了。我上学不但要晚了，而且要被妈妈打扮得穿上肥大的夹袄（是在夏天！）和踢拖着不合脚的油鞋①，举着一把大油纸伞，走向学校去！想到这么不舒服地上学，我竟有勇气赖在床上不起来了。

等一下，妈妈进来了。她看见我还没有起床，吓了一跳，催促着我，但是我皱紧了眉头，低声向妈妈哀求说：

"妈，今天晚了，我就不去上学了吧？"

妈妈就是做不了爸爸的主意，当她转身出去，爸爸就进来了。他瘦瘦高高的，站在床前来，瞪着我：

"怎么还不起来，快起！快起！"

"晚了！爸！"我硬着头皮说。

"晚了也得去，怎么可以逃学！起！"

一个字的命令最可怕，但是我怎么啦！居然有勇气不挪窝。

爸爸气极了，一把把我从床上拖起来，我的眼泪就流出来了。爸爸左看右看，结果从桌上抄起鸡毛掸子倒转来拿，藤鞭

---

① 涂有桐油，在下雨天穿的鞋。

子在空中一抡，就发出"咻咻"的声音，我挨打了！

爸爸把我从床头打到床角，从床上打到床下，外面的雨声混合着我的哭声。我哭号，躲避，最后还是冒着大雨上学去了。我是一只狼狈的小狗，被宋妈抱上了洋车——第一次花五大枚坐车去上学。

我坐在放下雨篷的洋车里，一边"抽抽搭搭"地哭着，一边撩起裤脚来检查我的伤痕。那一条条鼓起的鞭痕，是红的，而且发着热。我把裤脚向下拉了拉，遮盖住最下面的一条伤痕，我最怕同学耻笑我。

虽然迟到了，但是老师并没有罚我站，这是因为下雨天可以原谅的缘故。

老师教我们先静默再读书。坐直身子，手背在身后，闭上眼睛，静静地想五分钟。老师说：想想看，你是不是听爸妈和老师的话？昨天的功课有没有做好？今天的功课全带来了吗？早晨跟爸妈有礼貌地告别了吗？……我听到这儿，鼻子抽搭了一大下，幸好我的眼睛是闭着的，泪水不至于流出来。

正在静默的当中，我的肩头被拍了一下，急忙地睁开了眼，原来是老师站在我的位子边。他用眼势告诉我，叫我向教室的窗外看去，我猛一转头看，是爸爸那瘦高的影子！

我刚安静下来的心又害怕起来了！爸爸为什么追到学校来？爸爸点头示意招我出去。我看看老师，征求他的同意，老师也微笑地点点头，表示答应我出去。

我走出了教室，站在爸爸面前。爸爸没说什么，打开了手中的包袱，拿出来的是我的花夹袄。他递给我，看着我穿上，又拿出两个铜板来给我。

后来怎么样了，我已经不记得，因为那是六年以前的事了。只记得，从那以后，到今天，每天早晨我都是等待着校工开大铁栅校门的学生之一。冬天的清晨站在校门前，戴着露出五个手指头的那种手套，举了一块热乎乎的烤白薯在吃着。夏天的早晨站在校门前，手里举着从花池里摘下的玉簪花，送给亲爱的韩老师，她教我跳舞。

啊！这样的早晨，一年年都过去了，今天是我最后一天在这学校里啦！

"当当当"，钟响了，毕业典礼就要开始。看外面的天，有点阴，我忽然想，爸爸会不会忽然从床上起来，给我送来花夹袄？我又想，爸爸的病几时才能好？妈妈今早的眼睛为什么红肿着？院里大盆的石榴和夹竹桃今年爸爸都没有给上麻渣，他为了叔叔给日本人害死，急得吐血了。到了五月节，石榴花没有开得那么红，那么大。如果秋天来了，爸爸还要买那样多的菊花，摆满在我们的院子里、廊檐下、客厅的花架上吗？

爸爸是多么喜欢花。

每天他下班回来，我们在门口等他，他把草帽推到头后面抱起弟弟，经过自来水龙头，拿起灌满了水的喷水壶，唱着歌儿走到后院来。他回家来的第一件事就是浇花。那时太阳快要下去了，院子里吹着凉爽的风，爸爸摘下一朵茉莉插到瘦鸡妹妹的头发上。陈家的伯伯对爸爸说："老林，你这样喜欢花，所以你太太生了一堆女儿！"我有四个妹妹，只有两个弟弟。我才十二岁……

我为什么总想到这些呢？韩主任已经上台了，他很正经地说：

"各位同学都毕业了，就要离开上了六年的小学到中学去读书，做了中学生就不是小孩子了，当你们回到小学来看老师的时候，我一定高兴看你们都长高了，长大了……"

于是我唱了五年的骊歌^①，现在轮到同学们唱给我们送别：

"长亭外，古道边，芳草碧连天。问君此去几时来，来时莫徘徊！天之涯，地之角，知交半零落，人生难得是欢聚，唯有别离多……"

我哭了，我们毕业生都哭了。我们是多么喜欢长高了变成大人，我们又是多么怕呢！当我们回到小学来的时候，无论长得多么高，多么大，老师！你们要永远拿我当个孩子呀！

做大人，常常有人要我做大人。

宋妈临回她的老家的时候说：

"英子，你大了，可不能跟弟弟再吵嘴！他还小。"

兰姨娘跟着那个四眼狗上马车的时候说：

"英子，你大了，可不能招你妈妈生气了！"

蹲在草地里的那个人说：

———————————

① 告别的歌。

"等到你小学毕业了，长大了，我们看海去。"

虽然，这些人都随着我长大没了影子了。是跟着我失去的童年也一起失去了吗？

爸爸也不拿我当孩子了，他说：

"英子，去把这些钱寄给在日本读书的陈叔叔。"

"爸爸！——"

"不要怕，英子，你要学做许多事，将来好帮着你妈妈。你最大。"

于是他数了钱，告诉我怎样到东交民巷的正金银行去寄这笔钱——到最里面的台子上去要一张寄款单，填上"金柒拾圆也"，写上日本横滨的地址，交给柜台里的小日本儿！

我虽然很害怕，但是也得硬着头皮去。——这是爸爸说的，无论什么困难的事，只要硬着头皮去做，就闯过去了。

"闯练，闯练，英子。"我临去时爸爸还这样叮嘱我。

我心情紧张，手里捏紧一卷钞票到银行去。等到从高台阶的正金银行出来，看着东交民巷街道中的花圃种满了蒲公英，我高兴地想：闯过来了，快回家去，告诉爸爸，并且要他明天在花池里也种满蒲公英。

快回家去！快回家去！拿着刚发下来的小学毕业文凭——红丝带子系着的白纸筒，催着自己，我好像怕赶不上什么事情似的，为什么呀？

进了家门，静悄悄的，四个妹妹和两个弟弟都坐在院子里的小板凳上，他们在玩沙土，旁边的夹竹桃不知什么时候垂下了好几个枝子，散散落落地很不像样，是因为爸爸今年没有收拾它们——修剪、捆扎和施肥。

石榴树大盆底下也有几粒没有长成的小石榴，我很生气，问妹妹们：

"是谁把爸爸的石榴摘下来的？我要告诉爸爸去！"

妹妹们惊奇地睁大了眼，她们摇摇头说："是它们自己掉下来的。"

我捡起小青石榴。缺了一根手指头的厨子老高从外面进来了，他说：

"大小姐，别说什么告诉你爸爸了，你妈妈刚从医院来了电话，叫你赶快去，你爸爸已经……"

他为什么不说下去了？我忽然着急起来，大声喊着说：

"你说什么？老高。"

"大小姐，到了医院，好好儿劝劝你妈，这里就数你大了！就数你大了！"

瘦鸡妹妹还在抢燕燕的小玩意儿，弟弟把沙土灌进玻璃瓶里。是的，这里就数我大了，我是小小的大人。我对老高说：

"老高，我知道是什么事了，我就去医院。"我从来没有过这样的镇定，这样的安静。

我把小学毕业文凭，放到书桌的抽屉里，再出来，老高已经替我雇好了到医院的车子。走过院子，看到那垂落的夹竹桃，我默念着：

爸爸的花儿落了，
我也不再是小孩子。

父爱

/ 苏童

关于父爱，人们的发言一向是节制而平和的。母爱的伟大使我们忽略了父爱的存在和意义，但是对于许多人来说，父爱一直以特有的沉静的方式影响着他们。父爱怪就怪在这里，它是羞于表达的，疏于张扬的，却巍峨持重，所以有聪明人说，父爱如山。

前不久在去上海的旅途上带了一本消遣性的杂志乱翻，不经意翻到了一篇并非消遣的文章，是一个美国人记叙他眼中的父爱的。容我转述这个关于父爱的故事，虽说是一个美国人的父亲，但那个美国父亲多少年如一日为儿子榨橙汁的细节首先让我想到我的父亲。我父亲则是几十年如一日地早起，为儿女熬粥，直到儿女一个个离开家庭。我一直在对比中读这篇文章，作者说他每次喝光父亲榨的橙汁后必然拥抱一下父亲，对父亲说一声我爱你，然后才出门。那个美国父亲则接受儿子的拥抱和爱，什么也不说。拥抱在西方的父子关系中是一门必备课，我从来就没拥抱过我的父亲，但我小时候每天第一眼看见父亲时必然会例行公事地叫一声：爸爸。到我长大了一些，觉得天天这么叫有点烦人，心想不叫你你还是我爸爸，有时就企图蒙混过去。但我父亲采取的方式是走到你前面，用手指指着自己的鼻子，我就只好老老实实一如既往地叫：爸爸。奇怪的是那美国儿子与我一样，他说他有一天也厌烦了这种例行公事的拥抱，喝了父亲的橙汁径直想溜出去，那个美国父亲就把儿子挡在门前了，说：你今天忘了什么吧？这时候我仍然在对比，我想换了我就顺势说，谢谢你提醒我，然后拥抱一下了事。但美国的儿子毕竟与中国的儿子是不同的，他想得太多要得也太多，贸贸然提出了一个非常强硬的问题，说：爸爸，你为什么从来不说你爱我？这个美国儿子逼着他父亲说那三个字，然后文章中最让我感动的细节就出现了：那个父亲难以发出那个耳熟能详的声音，当他终于对儿子说出"我爱你"时，竟然难以自持，哭了出来！

我读到这儿差点也哭了出来，我仍然在对比我所感受的父爱。我想我永远不会逼着我父亲说"我爱你"，我与那个美国儿子唯一不同的是，知道就行了。父爱假如不用语言，那就让我们永远沐浴这种无言的爱吧。

父亲的姓名

/ 毕飞宇

不用避讳，我的父亲叫毕明。

和所有的孩子一样，在相当长的一段时间内，我以为父亲的名字就叫"爸爸"。

突然有一天，我知道了，他不叫"爸爸"，他叫毕明。

长大之后我又知道了，父亲原来也不叫毕明。我见过他废弃了的私章，隶体朱文，他曾经是"陆承渊"。

为什么叫"陆承渊"呢，因为他的养父姓陆，他是"渊"字辈。"渊"字辈下面是"泉"字辈。从理论上说，我的姓名应该叫"陆某泉"。

在今天的兴化，有许多"陆某泉"，凡是叫"陆某泉"的，不是我的兄弟，就是我的姐妹。

但是父亲的养父很不幸，父亲的养父有一个弟弟。那是一个流氓。这个流氓告发了自己的亲哥哥，因为他的亲哥哥把大米卖给日本人了。

父亲的养父是被一个"组织"处死的，罪名是"汉奸"。"组织"恰恰没有用"组织"应有的方式处死父亲的养父，而是选用了私家祠堂的方式，手段极为残酷。那个流氓弟弟失算了，他什么也没有得到。父亲养父的财产全充公了。

为了生计，父亲放弃了学业，"革命"去了。他参加了中国人民解放军，在沈阳军区空军机场做机要员。建立档案的时候，诚实的父亲说了实话。结果只能是这样：他被部队"劝退"，回到了地方。

回到兴化的父亲得到了一个新的名字，那是"组织"的关怀：他成了"毕明"——含义来自《水浒》，林教头风雪山神庙：逼上梁山，走向光明。

细心的读者也许就知道了，我在讲小说的时候动不动就要说到《水浒》。

但施耐庵远远称不上伟大。真正伟大的那个作家叫鲁迅。鲁迅把他的如椽大笔一直伸到了我的家，就像《阿Q正传》所描绘的那样，陆承渊"不许革命"，陆承渊"不许姓赵"。

一九七一年还是一九七二年？是一个大年的初一。当年的陆承渊、现在的毕明，他正在看书。看得好好的，他突然哭了，事先没有任何预兆。对一个孩子来说，这样"大年初一"摄魂落魄。我害怕极了，却多了一个心眼，偷偷记住了那本书。那是一本鲁迅的书。

高中还没有毕业我开始阅读鲁迅，我全明白了。

做作家需要运气，做读者也需要运气，不是么？我的运气怎么就这么好的呢，我想我比同年的孩子更能够理解鲁迅。

——还是来说说我是怎么知道父亲叫"毕明"的吧。我能知道父亲叫"毕明"必须感谢一个场景，这个场景是这样的：

我们一家人都在家里，墙外突然传来了许多急促的脚步声，我的家一下子拥挤了，站满了父亲和母亲的学生。他们带进来一股十分怪异和紧张的气氛。

父亲和他们说了一些什么，随后就跟着他们走了。

我的家一下子空了，只留下我一个。我不知道这个时候我是几岁，可能是三岁，也可能是四岁，这是我自己推算出来的。

后来我一个人出去了，意外地发现学校的操场上全是人。我站在外围，也挤不进去。我就一个人晃悠去了。

就在我离开不久，口号声响起来了。很响。很整齐。

我记得我来到了一个天井的门口，门口坐着一位老太太，她的头发花白花白的。她坐在门槛上。

老太太突然问我："晓得毕明是哪一个啊？"我回答了没有？我记不得了。老太太说："毕明就是你爸爸。在喊呢，打倒毕明。打倒了哇。"

我从此就记住了，爸爸叫毕明。

那一天的晚上父亲一直坐在那里泡脚。一家人谁都不敢说话。

对了，也许我还要补充一个场景，一九九七年七月十九日下午，我的儿子出生了。我在医院借了一部手机，我要把儿子出生的好消息告诉他老人家。有一件事我是不能不和父亲商量的：我的儿子到底是姓陆还是姓毕？

父亲在电话的那头再也没有说话。我在等。我们父子俩就那么沉默了。后来我把借来的手机关了。我决定让我的孩子姓毕。其实我不想让孩子姓毕。——我还好，我的儿子也还好，可我理解我的父亲，这个姓氏里头有他驱之不尽的屈辱。

空屋

/ 冯骥才

好像家里人谁也不肯说，为什么后院那间小屋一直空着，锁着，甚至连院子也很少人去。这空屋便常常隐在几株大梧桐深幽的、湿漉漉的荫影里，红砖墙几乎被苔涂绿，黝黑的檐下总是挂着一些亮闪闪的大蜘蛛网。一入秋，大片大片黄黄的落叶就粘在蛛网上，片片姿态都美，它们还把地面铺得又厚又软，奇怪的是很少有鸟儿飞到这院里来，这便在它的荒芜中加进一点阴森的感觉；影影绰绰，好像听说这屋闹鬼——空屋里常有人走动，还有女人咯咯笑，茶壶自己竟会抬起来斟水……弄不清这是从哪个鬼故事里听来的，还就是这空屋里发生过的令人毛骨悚然的事。那时我小，儿时常把真假混记在一起。

一个夏夜，我隔窗清晰听到后院这空屋突然发出"叭"的一声，好像谁用劲把一根棍子掰断，分明有人！鬼？当时，只觉得自己身子缩得很小很小，眼睛瞪得老大老大，脖子不敢也不能转动了。母亲以为我得了什么急病，问我，我不敢说，最可怕的事都是怕说出来的。从这次起我连通往后院的小门都不敢接近，以致一穿过那段走廊，两条胳膊的鸡皮疙瘩马上全鼓起来。但上楼梯必须横穿过这走廊，每次都是慌慌张张连蹿带跳冲过去，不止一次滑倒跌跤，还跌断过一颗门牙，做了半年多的"没牙佬"。在我的童年里，这空屋是我的一个阴影、威胁、精神包袱，和各种可怕的想象与噩梦的来源。

后来，长大一些，父亲叫我随他去后院这空屋里拿东西，我慑于父亲的威严，被迫第一次走进这鬼的世界。

我紧贴在父亲的身后，左右胆战心惊地瞅这屋，竟然和我生来对它所有的猜想都截然不同。没有骷髅、白骨、血手印和任何怪物，而是一间静得要死的素雅的小书房；几架子书，一个书桌，一张小床，一个带椭圆形镜子的小衣柜。屋里的主人好像突然在某一个时候离去——桌上的铜墨盒打开着，床上的被子没叠，地上的果核也没清扫，便被时间的灰尘一层层封闭了。我从来没见过哪一间屋子有这么厚的尘土，积在玻璃杯里的灰尘足有半寸厚，杯子外边的灰尘也同样厚，一切物品都陷没并凝固在逝去的岁月里。灰蒙蒙的，看上去像一幅淡淡而又冷漠的水墨画。

灰尘是时间的物质。它隔离人与物，今与昔，但灰尘下边呢？什么东西暗暗相连？

一间房子里如果有人住，虽然天天使用房中的一切，它们反而不会损坏，这大概是由于人的精神照射在这些物品上，它们带着活人的气息，与人的生命有光、有色、有声、有机地混合一起；但如果这房子久无人住，它们便全死了，待在那儿自己竟然会开裂、脱落、散架、坏掉……奇怪吗？不不，人创造的一切因人而在。人旺而物荣，人灭而物毁。只见这书桌前的座椅已经散成一堆木棍，有如零落的尸骨；蚊帐粉化了，依稀还有些丝缕耷拉在床架上，好像吹口气便化成一股烟；头顶上双股灯线断了一根，灯儿带着伞状的灯罩斜垂着；迎面的几个书架最惨，木框大多脱开，上边的书歪歪斜斜或成堆地掉落在尘埃里……忽然，吓我一跳！什么东西在动？那椭圆镜子里的自己？鬼！我看见了一个人！我的叫声刚到嗓子眼儿，再瞧，原来是墙上旧式镜框里一个陌生男青年的照片——他隔着尘污的玻璃炯炯望着我，目光直视，冷冷的，有点怕人。他是谁？这空屋原先的主人吗？我可从来没见过这个梳中分头、穿西装、领口系黑色蝴蝶结的人！他早死了吗？空屋里那些吓人的动静莫非就是他的幽灵作祟？

父亲拿了一盏台灯和字典，把那铜墨盒和铜笔架放在我手里。我抢在父亲前面赶快走出这空屋。经我再三追问，母亲才告诉我——

墙上那照片里的青年确实早已死去。他竟是我的堂兄！他在上大学时，被他痴爱的女友抛弃，从此每当上哲学课，就对一位不相干的教哲学的女教师嘿嘿傻笑，这才知道他疯了。那女友与他分手时送给他一枝双朵的芭兰花。那是用细铁丝拧成的双杈的小叉子，把一对芭兰花插在上边。他便天天捏着这对花忽笑忽哭，直到花儿烂掉，没了，他依旧举着这光光的小叉子用鼻子闻，后来大概他意识到没有花了，就把小叉往鼻孔里插，常常鼻孔被插出血来。终于有一天，他把这小叉子插在电插座上，结束了痛苦绝望的人生。据说那一瞬间，我家电闸的保险丝断了，所有灯齐灭，全楼一片漆黑。

我那时还不懂爱情这东西如此厉害，但它的刺激性全部感受到了。虽然我对这位堂兄全无印象，他是在我三岁时去世的，可随着我渐渐长大，就一点点悟出我这同胞灵魂中曾经承受和不能承受的是些什么。对鬼的幻觉与惧怕也就随之消失，但我仍不肯再走进这空屋。在我那同胞与世决绝之时，这空屋里的一切都不曾给他一点牵挂与挽留啊！这是个无情的空间，一如漠漠人生。我讨厌那屋里所有东西，似乎都是冰冷的、不祥的，像一堆尸骨。我不明白父亲为什么要用那台灯、墨盒和笔架。尤其当那台灯在父亲的书案上亮起，一看这惨白清冷的灯光，我心里便禁不住打个寒噤。世界上所有台灯的灯光都有一种温情啊！

我认定自己终生不会走进这空屋，但第二次进去却是另一种更加意想不到的感受。

"文革"初的一天，突如其来，我家被彻底捣毁，父亲被弄到屋顶上批斗，他随时可能被推下来或者自己跳下来；母亲给拉到大街上，被迫和几个挨整的妇女跪着赛跑。许多陌生人围在门外喊口号，一个老邻居家的孩子带领红卫兵用棍棒斧头把我家扫荡得粉碎，直到天黑他们才退去。我一家人坐在被砸毁的成堆成堆的破烂东西上，战战兢兢，不知何时会有人闯进来，再发生什么祸事。这世界变得无法无天，无论谁都可以对我们构成致命的威胁。更深夜半时，近处和远处还在响着喊斗呼打声，我们不敢开灯，不敢出声，黑夜有如恐怖无边地、紧紧地包裹着我……

后来，疲惫不堪的父母和妹妹卧在地上睡着了，不知为什么，我独自起身悄悄穿过走廊和后院，走进那一向被我拒绝的空屋。脚一踏入，那是怎样一个异样宁静的空间啊！

我先在屋中央，月光射入的银白照眼的一块地上蹲下来，瞅着一片片清晰而如墨的梧桐叶影；四周，透过黑色透明的空气，书架家具一件件朦朦胧胧地显现出来。随之而来的是一种很奇怪的感觉，屋中这些陌生的、无生命的、本来被我看作是无情无义的死东西，此刻对我反而都是这世上独有的无伤害和保护的了。一切有关的都不安全，一切无关的才最安全。隐隐约约、黑乎乎的墙上，我那疯了并死了的堂兄正冷冷地瞅着我；镜框可能被抄家的人打歪，堂兄的脸也歪着，更添一种活生生的神情，我丝毫不怕，却很想他能像鬼那样走下来，和我说话，反倒会驱散现实压在我心上非常具体的恐怖。我紧紧盯着他，等他，盼他的鬼魂出现……不知不觉进入一种从未经验①过的境界：安慰、逃脱与超然。

整整一夜，我享受着这空屋。

———————————
① 指体验。

心的嘱托①

/ 宗璞

　　冯友兰先生——我的父亲，于一八九五年十二月四日来到人世，又于一九九〇年十二月四日毁去了皮囊，只剩下一抔寒灰。在八天前，十一月二十六日二十时四十五分，他的灵魂已经离去。

　　近年来，随着父亲身体日渐衰弱，我日益明白永远分离的日子在迫近，也知道必须接受这不可避免的现实。虽然明白，却免不了紧张恐惧。在轮椅旁，在病榻侧，一阵阵呛咳使人恨不能以身代。在清晨，在黄昏，凄厉的电话铃声会使我从头到脚抖个不停。那是人生的必然阶段，但总是希望它不会来，千万不要来。

① 原载一九九一年一月二日《文汇报》。

直到亲眼见着他的呼吸渐渐急促，血压下降，身体逐渐冷了下来；直到亲耳听见医生的宣布，还是觉得这简直不可能，简直不可思议。我用热毛巾拭过他安详的紧闭了双目的脸庞，真的听到了一声叹息，那是多年来回响在耳边的。我们把他抬上平车，枕头还温热。然而我们已经处于两个世界了。再无需我操心侍候，再得不到他的关心和荫庇。这几年他坐在轮椅上，不时会提醒我一些极细微的事，总是使我泪下。我的烦恼，他无需耳和目便能了解。现在再也无法交流。天下耳聪目明的人很多，却再也没有人懂得我的有些话。

这些年，住医院是家常便饭。这一年尤其频繁。每次去时，年轻的女医生总是说要有心理准备。每次出院，我都有骄傲之感。这一次，是《中国哲学史新编》完成后的第一次住院，孰料就没有回来。

七月十六日，我到人民出版社交《新编》第七册稿。走上楼梯时，觉得很轻快，真是完成了一件大任务。父亲更是高兴，他终于写完了。直到最后一个字，都是他自己的，无需他人续补。同时他也感到长途跋涉后的疲倦。他的力气已经用尽，再无力抵抗三次肺炎的打击。他太累了，要休息了。

"存，吾顺事；殁，吾宁矣。"父亲很赞赏张载《西铭》

中的这最后两句，曾不止一次讲解：活着，要在自己恰当的位置上发挥作用；死亡则是彻底的安息。对生和死，他都处之泰然。

父亲在清华任教时的老助手、八十八岁的李㳘先生来信说："十一月二十四日夜梦恩师伏案作书，写至最后一页，灯火忽然熄灭，黑暗之中，似闻恩师与师母说话。"正是那天下午，父亲病情恶化。夜晚我在病榻边侍候，父亲还能断续说几个字："是璞么？是璞么？""我在这儿。是璞在这儿。"我大声叫他，抚摩他，他似乎很安心。我们还以为这一次他又能闯过去。

从二十五日上午，除了断续的呻吟，父亲没有再说话。他无需再说什么，他的嘱托，已浸透在我六十二年的生命里；他的嘱托，已贯穿在众多爱他、敬他的弟子的事业中；他的嘱托，在他的心血铸成的书页间，使全世界发出回响。

父亲是走了，走向安息，走向永恒。

十二月一日兄长钟辽从美国回来。原来是来祝寿的，现在却变为奔丧。和母亲去世时一样，他又没有赶上；但也和母亲去世一样，有了他，办事才有主心骨。我们秉承父亲平常流露的意思，原打算只用亲人的热泪和几朵鲜花，送他西往。北大校方对我们是体贴尊重的。后来知道，这根本行不通。

络绎不绝的亲友都想再见上一面，不停地电话讯问告别日期。四川来的老学生自戴黑纱，进门便长跪不起。南朝鲜（今韩国）学人宋兢燮先生数年前便联系来华，目的是拜见老人。现在只能赶上无言的诀别。总不能太不近人情，这毕竟是最后一面。于是我们决定不发讣告，自来告别。

柴可夫斯基哽咽着的音乐伴随告别人的行列回绕在遗体边，真情写在每一个人脸上。最后我们跪在父亲的脚前时，我几乎想就这样跪下去，大声哭出来，让眼泪把自己浸透。从母亲和小弟离去，我就没有痛快地哭一场。但是我不能，我受到许多真诚的心的簇拥和嘱托，还有许多许多事要做，我必须站起来。

载灵的大轿车前有一个大花圈，饰有黑黄两色的绸带。我们随着灵车，驶过天安门。世界依然存在，人们照旧生活，一切都在正常运行。

我们一直把父亲送到炉边。暮色深重，走出来再回头，只看见那黄色的盖单，它将陪同父亲到最后的刹那。

两天后，我们迎回了父亲的骨灰，放在他生前的卧室里。母亲的遗骨已在这里放了十三年。现在二老又并肩而坐，只是在条几上。明春将合葬于北京万安公墓。侧面是那张两人同行的照片。母亲撑着伞，父亲的一脚举起，尚未落下。那是六十年代初一位不知姓名的人在香山偷拍的。当时二老并不知道。摄影者拿这张照片在香港出售，父亲的老学生加籍学人余景山先生恰巧看见，遂将它买下。七十年代末方有机会送来。母亲也见到了这帧照片。

亲爱的双亲，你们的生命的辉煌乐章已经终止，但那向前行走的画面是永恒的。

借此小文之末，谨向所有关心三松堂的亲友致谢。关系有千百种不同，真情的分量都不同寻常。踵吊和唁文未能一一答谢，心灵的慰藉和嘱托永远铭记不忘。

辑二

母亲：

生命中难以忘怀的感动

我放下书，想，这么大一座园子，要在其中找到她的儿子，母亲走过了多少焦灼的路。多年来我头一次意识到，这园中不单是处处都有过我的车辙，有过我的车辙的地方也都有过母亲的脚印。

——史铁生

感谢母亲陪我做了那么多无聊的事

/ 蒋勋

童年的时候，父母与我的感情很深，尤其是母亲。记得小时候回家，父亲问我考了第几名，我说第二名。父亲就严厉地问，为什么不是第一名？当我正发抖时，母亲会一把把我抱走，说，别理你爸爸。我好感谢那样的拥抱，仿佛把一切无法承担的压力都化解了。

母亲有双魔术师般的手

我常感觉母亲有一双魔术师的手：我小时候盖的被子，是我母亲亲手绣出来的；人家送我母亲十几种毛线，她织成毛衣，每到过年就把旧毛衣拆了，再编成新花样，看起来又是一件新衣了。

记得我很小的时候，就跟在母亲身旁，看她买菜、选韭菜、包水饺。不论买什么菜，她总是会用食指跟大拇指的指甲掐菜，把老的地方掐掉，变成我们嘴里最好吃的菜。

现在的小孩，有的都不知道什么叫择菜，因为在他们成长过程中没有人带着他们择菜、洗菜。

美的感受，是需要时间的。我们那个年代的父母，在生活上花了很多的时间。譬如我盖的那床被子，现在看来多么奢侈，因为是母亲亲手绣出来的，而且母亲每个月都会重新缝洗一次。

那个年代没有洗衣机，她要到河边去洗，拿木棒捶打，被单洗完以后，用洗米水浆过，等到阳光好的时候把被单搭在竹竿上晒。我盖被子的时候，被单上就有阳光和米浆的味道。我想现在全世界买到的最贵的名牌被，大概都没有那么奢侈。

尽量学着母亲的不慌张

我觉得现在的人其实很"穷"，我们不肯生活在慢节奏中。其实，这才叫生活的质量，才叫富有。忽然觉得，我成长的过程是一个最富有的阶段，所有的手工面、手工的东西，都是买不到的精致。

人类的手，是一切美的起点。人类五种感官的活动，构成了美学。所谓美的感受，也源自你对一个人的情感，对一个地方的情感，对一个事物的情感。我的第一堂美学课，其实是母亲给我上的，我们过去经常会走到院子里去看那朵花、那片叶子，做很多没有目的的事，她不像其他家长，看到小孩没事做的时候会慌张。

我尽量学着母亲的这种不慌张。在大学教书的时候，每年四月，羊蹄甲红成一片，上课的时候我都可以感觉到，十九、二十岁正要恋爱的年轻人，根本就没有心听课。我会停止上课，带学生去花下坐一个钟头，聊天，或什么都不做。

我们需要有这样的课。不是每天都要如此，而是教育者偶尔要带孩子出去看花，去听海浪的声音，让他脱掉鞋子去踩沙滩。

教育不要那么功利，要让年轻人重新找回他们身体里的很多渴望。

生活的哲学

生活的美，需要人们舍得付出时间去创造。当今的父母的确有很多困难，很多人觉得保姆可以取代亲子关系。

我有一个朋友，他的父亲已年迈，身体不好，坐在轮椅上，他请了三个人照顾父亲。有一天，他说老父亲还抱怨。我告诉朋友，你父亲需要的不是医师也不是看护，他需要你。我们有时完全忘记亲子关系是什么，在他心灵荒凉的时刻，他需要的是你握握他的手、搂搂他的肩膀，跟他聊聊天。

一次，我给一个企业的员工讲课。这些人多从名校毕业，平均年龄三十几岁。他们进这家公司后就有股票，如果十年内离职，股票就没有了。所以没有一个人敢离职。

公司主管很自豪地说，这里没有人在晚上十一点以前回家，其中有一个，八年了都没有休假。我讲完课，有人问问题，他说："我女儿五岁了，您认为她应该去学小提琴还是钢琴？"

"你是那位八年没有休假、晚上十一点都不回家的爸爸吗？"我问道，他点点头。然后我给出了建议："你可不可以不要关心学小提琴还是钢琴，赶紧回家抱抱你的女儿？"

　　我知道他不能理解我的建议，但我真的希望一个五岁的孩子能够记住父亲的体温，将来她走到天涯海角，也能拥有很大的安慰和鼓励。这是人最根本的渴望，即便我带进课堂的是艺术，但我所要表达的，却不只是艺术，还有艺术旨在传达的生活哲学。

　　因此，我感谢我母亲的陪伴，感谢我们一起做过的看似无聊的事情。德国浪漫主义时代的文学是歌德的"少年维特之烦恼"，是贝多芬的音乐，是海涅的诗，是尼采的超人哲学。他们共同的人生梦想是"狂飙"，"狂飙"是生命飞扬的追求。感谢母亲记住了她青春时刻的热情、爱与狂飙的梦想，并告诉我，她曾有过的生命之爱。

恒久的滋味

/ 蒋勋

人的一生，会经历许多味觉，这些味觉停留在记忆中，成为生命的滋味。

小时候，喜欢吃糖，甜味停留在孩童时代记忆，不只是口腔四周的快乐，同时呼唤起许多满足、幸福、受宠的回忆。

几乎每一个儿童都有过爱吃糖的记忆，在许多民族的语言文字中，"糖""甜"，都已经不单单只是生理味觉上的反应，"sweet""candy"，也同时包含了满足、幸福、爱等等心理上的感觉。

甜味如果是人生第一个向往的味觉，甜味停留在记忆里，也就有了童年全部的幸福感受。人不会一直停留在童年，因此人也不会一直满足生命里只有甜味。甜味是幸福，但是甜味太多，也觉得腻。

我不知道为什么开始喜欢上了酸味。

大概是在身体发育之后，十二三岁左右，被称为青少年，被称为惨绿少年，好像没有熟透的果实，透着一种青涩的酸味。没有放糖的柠檬汁，盐腌渍的青芒果，那种酸，好像初尝到生命里的一种失落、怅惘，一种不严重的感伤。

酸是一种味觉吗？

为什么我们会说一个人"好酸"，当然不是他身上的气味，而是他透露出的一种在得不到时的一点点忌妒、讥刺、不满足的愤怨委屈吧。记忆里嗜吃甜食的童年，偶然吃到母亲调了许多醋的面条，立刻皱起眉头，酸得全身皱缩起来，那时还不懂得"酸"的意味。等到我在青少年时期，挤了满满一杯纯柠檬汁，不放糖，咕嘟咕嘟喝着，忽然仿佛懂了生命原来除了"甜"，还有别种滋味。

但是我品味着"酸"的时候，还是不能了解，为什么母亲会顿顿饭都吃苦瓜，极苦极苦的瓜，加上极臭极臭的豆豉，加上极辣极辣的辣椒，极咸的小鱼干，用热油爆炒，还没有吃，远远闻着，扑鼻一阵咸、辣、臭、苦，呛鼻刺激的气味，呛到使人喉头都是哽咽，呛到眼泪止不住。我长大之后，看着母亲耽溺在这样的味觉里，听她叙述战乱里人的流离，她描述炸弹下来，刚才说话的人，不见了，肠子飞起来，挂在树上。她在咸、辣、臭、苦里，回忆着她五味杂陈的一生吗？

五味杂陈，说的是味觉，但也是人生。

人生应该只有甜味吗？还是在长大的过程，一步一步，随着年龄的增长，随着生命经验的扩大，我们的味觉也在经验不同的记忆？我在甜味里记忆幸福满足，在酸味里学习失落的怅惘，在辣味里体会热烈放肆逾越规矩的快感。

我终于也学会了品尝苦味，在母亲临终的时刻，我怀抱着她的身体，在她耳边诵念《金刚经》，我懂得一种苦味，比甜味安静，比酸味丰富，比辣味深沉庄严。我难以形容，但是我知道，我不能拒绝生命里这样的苦味，我终于知道：我多么眷恋不舍，母亲还是要走！我也终于知道：我人生的滋味大部分从母亲处学来。

从小到大，记忆里最不能忘记的滋味都从母亲的菜饭里学来。我们很少上餐厅，母亲总是一边择菜叶，一边娓娓说着故

事，她用小火煎着一条赤鲸①，鱼的酥香气味久久停留在空气
中，至今也似乎没有消逝。母亲的菜有糖醋，有盐渍，有抹了
花椒的辛香，有酸辣，有辣苦，也有臭豆腐奇特使人迷恋的臭
香。她教会了我去品尝各种味觉，品尝各种味觉混合的不可言
喻的滋味。

但是母亲的滋味里有一种仪式，她会特别慎重料理，那滋
味却只是米麦五谷的平淡。

每一年过年，母亲要蒸一百个馒头，发面的面头要特别挑
选过，蒸锅里的水，大火煮沸，蒸汽白烟缭绕，馒头要蒸得白
胖圆满，用来在年夜祭拜祖先，也象征预兆一年的平安祥和。
母亲在揭开蒸笼的盖子时，慎重庄严肃穆的表情，使我难忘，
她没有任何宗教信仰，但是她有生活的虔诚。

馒头饱满丰圆，透着淡淡五谷的香。我负责的工作是在每
一个馒头正中心用筷子点一个红点。红染料用天然胭脂调成液
体，用筷子头蘸着，刚好一个圆圆的红点。母亲在一旁叮咛：
要点在正中心哦！那时候还没入学，大概四五岁，我也开始学
会了慎重庄严的举止。

---

① 鲤科鱼类，俗称吹火筒、尖头鲅、马头鲸、鸭嘴鲸、喇叭鱼。

　　我如此贴近那些馒头，好像麦子在土地里、阳光里、雨水里的全部饱实的生命都给了我，平淡悠长而且沉着，在所有的滋味之上，是更恒久的滋味吧！

用什么来报答母爱

/ 周国平

母亲八十三岁了，依然一头乌发，身板挺直，步伐稳健，人都说看上去也就七十来岁。父亲去世已满十年，自那以后，她时常离开上海的家，到北京居住一些日子。不过，不是住在我这里，而是住在我妹妹那里。住在我这里，她一定会觉得寂寞，因为她只能看见这个儿子整日坐在书本或电脑前，难得有一点别的动静。母亲也是安静的性格，但终归需要有人跟她唠唠家常，我偏是最不善此道，每每大而化之，不能使她满足。母亲节即将来临，《家庭博览》杂志向我约稿，我便想到为她写一点文字，假如她读到了，就算是我痛改前非，认真地跟她唠了一回家常吧。

在我的印象里，母亲的一生平平淡淡，做了一辈子家庭主妇。当然，这个印象不完全准确，在家务中老去的她也曾有过如花的少女时代。很久以前，我在一本家庭相册里看见过她早年的照片，秀发玉容，一派清纯。她出生在上海一个职员的家里，家境小康，住在钱家塘，即后来的陕西路一带，是旧上海一个比较富裕的街区。现在回想起来，那时母亲还年轻，喜欢对我们追忆钱家塘的日子。她当年与同街区的一些女友结为姐妹，姐妹中有一人日后成了电影明星，相册里有好几张这位周曼华小姐亲笔签名的明星照。看着照片上的这个漂亮女人，少年的我暗自激动，仿佛隐约感觉到了母亲从前的青春梦想。

曾几何时，那本家庭相册失落了，母亲也不再提起钱家塘的日子。在我眼里，母亲作为家庭主妇的定位习惯成自然，无可置疑。她也许是一个有些偏心的母亲，喜欢带我上街，买某一样小食品让我单独享用，叮嘱我不要告诉别的子女。可是，渐渐长大的儿子身上忽然发生了一种变化，不肯和她一同上街了，即使上街也偏要离她一小截距离，不让人看出母子关系。那大约是青春期的心理逆反现象，但当时却惹得她十分伤心，多次责备我看不起她。再往后，这些小插曲也在岁月里淡漠了，唯一不变的是一个围着锅台和孩子转的母亲形象。后来，我到北京上大学，然后去广西工作，然后考研究生重返北京，远离了上海的家，与母亲见面少了，在我脑中定格的始终是这个形象。

　　最近十年来，因为母亲时常来北京居住，我与她见面又多了。当然，已入耄耋之年的她早就无须围着锅台转了，她的孩子们也都有了一把年纪。望着她皱纹密布的面庞，有时候我会心中一惊，吃惊她一生的行状过于简单。她结婚前是有职业的，自从有了第一个孩子，便退职回家，把五个孩子拉扯大成了她一生的全部事业。我自己有了孩子，才明白把五个孩子拉扯大哪里是简单的事情。但是，我很少听见她谈论其中的辛苦，她一定以为这种辛苦是人生的天经地义，不值得称道也不需要抱怨。作为由她拉扯大的儿子，我很想做一些令她欣慰的事，也算一种报答。她知道我写书，有点小名气，但从未对此表现出特别的兴趣。直到不久前，我有了一个健康可爱的女儿，当我女儿在她面前活泼地戏耍时，我才看见她笑得格外欢。自那以后，她的心情一直很好。我知道，她不只是喜欢小生命，也是庆幸她的儿子终于获得了天伦之乐。在她看来，这是比写书和出名重要得多的。母亲毕竟是母亲，她当然是对的。在事关儿子幸福的问题上，母亲往往比儿子自己有更正确的认识。倘若普天下的儿子们都记住母亲真正的心愿，不是用野心和荣华，而是用爱心和平凡的家庭乐趣报答母爱，世界和平就有了保障。

合欢树

/ 史铁生

十岁那年，我在一次作文比赛中得了第一。母亲那时候还年轻，急着跟我说她自己，说她小时候的作文做得还要好，老师甚至不相信那么好的文章会是她写的。"老师找到家来问，是不是家里的大人帮了忙。我那时可能还不到十岁呢。"我听得扫兴，故意笑："可能？什么叫可能还不到？"她就解释。我装作根本不再注意她的话，对着墙打乒乓球，把她气得够呛。不过我承认她聪明，承认她是世界上长得最好看的女的。她正给自己做一条蓝地白花的裙子。

二十岁，我的两条腿残废了。除去给人家画彩蛋，我想我还应该再干点别的事，先后改变了几次主意，最后想学写作。母亲那时已不年轻，为了我的腿，她头上开始有了白发。医院已经明确表示，我的病目前没办法治。母亲的全副心思却还放在给我治病上，到处找大夫，打听偏方，花很多钱。她倒总能找来些稀奇古怪的药，让我吃，让我喝，或者是洗、敷、熏、灸。"别浪费时间啦！根本没用！"我说。我一心只想着写小说，仿佛那东西能把残疾人救出困境。"再试一回，不试你怎么知道会没会？"她说每一回都虔诚地抱着希望。然而对我的腿，有多少回希望就有多少回失望。最后一回，我的胯上被熏成烫伤。医院的大夫说，这实在太悬了，对于瘫痪病人，这差不多是要命的事。我倒没太害怕，心想死了也好，死了倒痛快。母亲惊惶了几个月，昼夜守着我，一换药就说："怎么会烫了呢？我还直留神呀？"幸亏伤口好起来，不然她非疯了不可。

后来她发现我在写小说。她跟我说："那就好好写吧。"我听出来，她对治好我的腿也终于绝望。"我年轻的时候也最喜欢文学，"她说。"跟你现在差不多大的时候，我也想过搞写作，"她说。"你小时候的作文不是得过第一？"她提醒我说。我们俩都尽力把我的腿忘掉。她到处去给我借书，顶着雨或冒了雪推我去看电影，像过去给我找大夫，打听偏方那样，抱了希望。

三十岁时，我的第一篇小说发表了，母亲却已不在人世。

过了几年，我的另一篇小说又侥幸获奖，母亲已经离开我整整七年。

获奖之后，登门采访的记者就多。大家都好心好意，认为我不容易。但是我只准备了一套话，说来说去就觉得心烦。我摇着车躲出去。坐在小公园安静的树林里，我闭上眼睛，想：上帝为什么早早地召母亲回去呢？很久很久，迷迷糊糊地，我听见回答："她心里太苦了。上帝看她受不住了，就召她回去。"我的心得到一点儿安慰，睁开眼睛，看见风正从树林里吹过。

我摇车离开那儿，在街上瞎逛，不想回家。

母亲去世后，我们搬了家。我很少再到母亲住过的那个小院儿去。小院儿在一个大院儿的尽里头，我偶尔摇车到大院儿去坐坐，但不愿意去那个小院儿，推说手摇车进去不方便。院儿里的老太太们还都把我当儿孙看，尤其想到我又没了母亲，但都不说，光扯些闲话，怪我不常去。我坐在院子当中，喝东家的茶，吃西家的瓜。有一年，人们终于又提到母亲："到小院儿去看看吧，你妈种的那棵合欢树今年开花了！"我心里一阵抖，还是推说手摇车进出太不易。大伙儿就不再说，忙扯些别的，说起我们原来住的房子里现在住了小两口，女的刚生了个儿子，孩子不哭不闹，光是瞪着眼睛看窗户上的树影儿。

我没料到那棵树还活着。那年，母亲到劳动局去给我找工作，回来时在路边挖了一棵刚出土的"含羞草"，以为是含羞草，种在花盆里长，竟是一棵合欢树。母亲从来喜欢那些东西，但当时心思全在别处。第二年合欢树没有发芽，母亲叹息了一回，还不舍得扔掉，依然让它长在瓦盆里。第三年，合欢树却又长出叶子，而且茂盛了。母亲高兴了很多天，以为那是个好兆头，常去侍弄它，不敢再大意。又过一年，她把合欢树移出盆，栽在窗前的地上，有时念叨，不知道这种树几年才开花。再过一年，我们搬了家，悲痛弄得我们都把那棵小树忘记了。

与其在街上瞎逛，我想，不如就去看看那棵树吧。我也想再看看母亲住过的那间房。我老记着，那儿还有个刚来到世上的孩子，不哭不闹，瞪着眼睛看树影儿。是那棵合欢树的影子吗？小院儿里只有那棵树。

院儿里的老太太们还是那么欢迎我，东屋倒茶，西屋点烟，送到我眼前。大伙儿都不知道我获奖的事，也许知道，但不觉得那很重要，还是都问我的腿，问我是否有了正式工作。这回，想摇车进小院儿真是不能了。家家门前的小厨房都扩大，过道窄到一个人推自行车进出也要侧身。我问起那棵合欢树。大伙儿说，年年都开花，长到房高了。这么说，我再看不见它了。我要是求人背我去看，倒也不是不行。我挺后悔前两年没有自己摇车进去看看。

我摇着车在街上慢慢走，不急着回家。人有时候只想独自静静地待一会儿。悲伤也成享受。

有一天那个孩子长大了，会想起童年的事，会想起那些晃动的树影儿，会想起他自己的妈妈。他会跑去看看那棵树，但他不会知道那棵树是谁种的，是怎么种的。

秋天的怀念

/ 史铁生

双腿瘫痪后，我的脾气变得暴怒无常。望着望着天上北归的雁阵，我会突然把面前的玻璃砸碎；听着听着李谷一甜美的歌声，我会猛地把手边的东西摔向四周的墙壁。母亲就悄悄地躲出去，在我看不见的地方偷偷地听着我的动静。当一切恢复沉寂，她又悄悄地进来，眼边红红的，看着我。"听说北海的花儿都开了，我推着你去走走。"她总是这么说。母亲喜欢花，可自从我的腿瘫痪后，她侍弄的那些花都死了。"不，我不去！"我狠命地捶打这两条可恨的腿，喊着，"我可活什么劲！"母亲扑过来抓住我的手，忍住哭声说："咱娘儿俩在一块儿，好好儿活，好好儿活……"

可我却一直都不知道，她的病已经到了那步田地。后来妹妹告诉我，她常常肝疼得整宿整宿翻来覆去地睡不了觉。

那天我又独自坐在屋里，看着窗外的树叶"唰唰啦啦"地飘落。母亲进来了，挡在窗前："北海的菊花开了，我推着你去看看吧。"她憔悴的脸上现出央求般的神色。"什么时候？""你要是愿意，就明天？"她说。我的回答已经让她喜出望外了。"好吧，就明天。"我说。她高兴得一会儿坐下，一会儿站起："那就赶紧准备准备。""哎呀，烦不烦？几步路，有什么好准备的！"她也笑了，坐在我身边，絮絮叨叨地说着："看完菊花，咱们就去'仿膳'，你小时候最爱吃那儿的豌豆黄儿。还记得那回我带你去北海吗？你偏说那杨树花是毛毛虫，跑着，一脚踩扁一个……"她忽然不说了。对于"跑"和"踩"一类的字眼儿，她比我还敏感。她又悄悄地出去了。

她出去了，就再也没回来。

邻居们把她抬上车时，她还在大口大口地吐着鲜血。我没想到她已经病成那样。看着三轮车远去，也绝没有想到那竟是永远的诀别。

邻居的小伙子背着我去看她的时候，她正艰难地呼吸着，像她那一生艰难的生活。别人告诉我，她昏迷前的最后一句话是："我那个有病的儿子和我那个还未成年的女儿……"

又是秋天，妹妹推我去北海看了菊花。黄色的花淡雅，白色的花高洁，紫红色的花热烈而深沉，泼泼洒洒，秋风中正开得烂漫。我懂得母亲没有说完的话。妹妹也懂。我俩在一块儿，要好好儿活……

我与地坛

/ 史铁生

一

　　我在好几篇小说中都提到过一座废弃的古园，实际上就是地坛。许多年前旅游业还没有开展，园子荒芜冷落得如同一片野地，很少被人记起。

　　地坛离我家很近。或者说我家离地坛很近。总之，只好认为这是缘分。地坛在我出生前四百多年就坐落在那儿了，而自从我的祖母年轻时带着我父亲来到北京，就一直住在离它不远的地方——五十多年间搬过几次家，可搬来搬去总是在它周围，而且是越搬离它越近了。我常觉得这中间有着宿命的味道：仿佛这古园就是为了等我，而历尽沧桑在那儿等待了四百多年。

它等待我出生，然后又等待我活到最狂妄的年龄上忽地残废了双腿。四百多年里，它一面剥蚀了古殿檐头浮夸的琉璃，淡褪了门壁上炫耀的朱红，坍圮了一段段高墙又散落了玉砌雕栏，祭坛四周的老柏树愈见苍幽，到处的野草荒藤也都茂盛得自在坦荡。这时候想必我是该来了。十五年前的一个下午，我摇着轮椅进入园中，它为一个失魂落魄的人把一切都准备好了。那时，太阳循着亘古不变的路途正越来越大，也越红。在满园弥漫的沉静光芒中，一个人更容易看到时间，并看见自己的身影。

自从那个下午我无意中进了这园子，就再没长久地离开过它。我一下子就理解了它的意图，正如我在一篇小说中所说的："在人口密聚的城市里，有这样一个宁静的去处，像是上帝的苦心安排。"

两条腿残废后的最初几年，我找不到工作，找不到去路，忽然间几乎什么都找不到了，我就摇了轮椅总是到它那儿去，仅为着那儿是可以逃避一个世界的另一个世界。我在那篇小说中写道："没处可去我便一天到晚耗在这园子里。跟上班下班一样，别人去上班我就摇了轮椅到这儿来。""园子无人看管，上下班时间有些抄近路的人从园中穿过，园子里活跃一阵，过后便沉寂下来。""园墙在金晃晃的空气中斜切下一溜阴凉，我把轮椅开进去，把椅背放倒，坐着或是躺着，看书或者想事，撅一权树枝左右拍打，驱赶那些和我一样不明白为什么要来这世上的小昆虫。""蜂儿如一朵小雾稳稳地停在半空；蚂蚁摇头晃脑捋着触须，猛然间想透了什么，转身疾行而去；瓢虫爬得不耐烦了，累了，祈祷一回便支开翅膀，忽悠一下升空了；树干上留着一只蝉蜕，寂寞如一间空屋；露水在草叶上滚动，聚集，压弯了草叶，轰然坠地摔开万道金光。""满园子都是草木竞相生长弄出的响动，窸窸窣窣窸窸窣窣片刻不息。"这都是真实的记录，园子荒芜但并不衰败。

除去几座殿堂我无法进去，除去那座祭坛我不能上去而只能从各个角度张望它，地坛的每一棵树下我都去过，差不多它的每一米草地上都有过我的车轮印。无论是什么季节，什么天气，什么时间，我都在这园子里待过。有时候待一会儿就回家，有时候就待到满地上都亮起月光。记不清都是在它的哪些角落里了，我一连几小时专心致志地想关于死的事，也以同样的耐心和方式想过我为什么要出生。这样想了好几年，最后事情终于弄明白了：一个人，出生了，这就不再是一个可以辩论的问题，而只是上帝交给他的一个事实；上帝在交给我们这件事实的时候，已经顺便保证了它的结果，所以死是一件不必急于求成的事，死是一个必然会降临的节日。这样想过之后我安心多了，眼前的一切不再那么可怕。比如你起早熬夜准备考试的时候，忽然想起有一个长长的假期在前面等待你，你会不会觉得轻松一点儿，并且庆幸并且感激这样的安排？

剩下的就是怎样活的问题了。这却不是在某一个瞬间就能完全想透的，不是能够一次性解决的事，怕是活多久就要想它多久了，就像是伴你终生的魔鬼或恋人。所以，十五年了，我还是总得到那古园里去，去它的老树下或荒草边或颓墙旁，去默坐，去呆想，去推开耳边的嘈杂，理一理纷乱的思绪，去窥看自己的心魂。十五年中，这古园的形体被不能理解它的人肆意雕琢，幸好有些东西是任谁也不能改变它的。譬如祭坛石门中的落日，寂静的光辉平铺的一刻，地上的每一个坎坷都被映照得灿烂；譬如在园中最为落寞的时间，一群雨燕便出来高歌，把天地都叫喊得苍凉；譬如冬天雪地上孩子的脚印，总让人猜想他们是谁，曾在哪儿做过些什么，然后又都到哪儿去了；譬如那些苍黑的古柏，你忧郁的时候它们镇静地站在那儿，你欣喜的时候它们依然镇静地站在那儿，它们没日没夜地站在那儿从你没有出生一直站到这个世界上又没了你的时候；譬如暴雨骤临园中，激起一阵阵灼烈而清纯的草木和泥土的气味，让人想起无数个夏天的事件；譬如秋风忽至，再有一场早霜，落叶或飘摇歌舞或坦然安卧，满园中播散着熨帖而微苦的味道。味道是最说不清楚的，味道不能写只能闻，要你身临其境去闻才能明了。味道甚至是难于记忆的，只有你又闻到它你才能记起它的全部情感和意蕴。所以我常常要到那园子里去。

二

现在我才想到，当年我总是独自跑到地坛去，曾经给母亲出了一个怎样的难题。

她不是那种光会疼爱儿子而不懂得理解儿子的母亲。她知道我心里的苦闷，知道不该阻止我出去走走，知道我要是老待在家里结果会更糟，但她又担心我一个人在那荒僻的园子里整天都想些什么。我那时脾气坏到极点，经常是发了疯一样地离开家，从那园子里回来又中了魔似的什么话都不说。母亲知道有些事不宜问，便犹犹豫豫地想问而终于不敢问，因为她自己心里也没有答案。她料想我不会愿意她跟我一同去，所以她从未这样要求过。她知道得给我一点儿独处的时间，得有这样一段过程，她只是不知道这过程得要多久和这过程的尽头究竟是什么。每次我要动身时，她便无言地帮我准备，帮助我上了轮椅车，看着我摇车拐出小院。这以后她会怎样，当年我不曾想过。

有一回我摇车出了小院，想起一件什么事又返身回来，看见母亲仍站在原地，还是送我走时的姿势，望着我拐出小院去的那处墙角，对我的回来竟一时没有反应。待她再次送我出门的时候，她说："出去活动活动，去地坛看看书，我说这挺好。"许多年以后我才渐渐听出，母亲这话实际上是自我安慰，是暗自的祷告，是给我的提示，是恳求与嘱咐。只是在她猝然去世之后，我才有余暇设想，当我不在家里的那些漫长的时间，她是怎样心神不定坐卧难宁，兼着痛苦与惊恐与一个母亲最低限度的祈求。现在我可以断定，以她的聪慧和坚忍，在那些空落的白天后的黑夜，在那不眠的黑夜后的白天，她思来想去最后准是对自己说："反正我不能不让他出去，未来的日子是他自己的，如果他真的在那园子里出了什么事，这苦难也只好我来承担。"在那段日子里——那是好几年前的一段日子，我想我一定使母亲做过最坏的准备了，但她从来没有对我说过："你为我想想。"事实上我也真的没为她想过。那时她的儿子还太年轻，还来不及为母亲想，他被命运击昏了头，一心以为自己是世上最不幸的一个，不知道儿子的不幸在母亲那儿总是要加倍的。她有一个长到二十岁上忽然截瘫了的儿子，这是她唯一的儿子；她情愿截瘫的是自己而不是儿子，可这事无法代替；她想，只要儿子能活下去哪怕自己去死呢也行，可她又确信一个人不能仅仅是活着。儿子得有一条路走向自己的幸福；而这条路呢，没有谁能保证她的儿子最终能找到——这样一个母亲，注定是活得最苦的母亲。

有一次与一个作家朋友聊天，我问他学写作的最初动机是什么，他想了一会儿说："为我母亲。为了让她骄傲。"我心里一惊，良久无言。回想自己最初写小说的动机，虽不似这位朋友的那般单纯，但如他一样的愿望我也有，且一经细想，发现这愿望也在全部动机中占了很大比重。这位朋友说："我的动机太低俗了吧？"我光是摇头，心想低俗并不见得低俗，只怕是这愿望过于天真了。他又说："我那时真就是想出名，出了名让别人羡慕我母亲。"我想，他比我坦率。我想，他又比我幸福，因为他的母亲还活着。而且我想，他的母亲也比我的母亲运气好，他的母亲没有一个双腿残废的儿子，否则事情就不这么简单。

在我的头一篇小说发表的时候，在我的小说第一次获奖的那些日子里，我真是多么希望我的母亲还活着。我便又不能在家里待了，又整天整天独自跑到地坛去，心里是没头没尾的沉郁和哀怨，走遍整个园子却怎么也想不通：母亲为什么就不能再多活两年？为什么在她儿子就快要碰撞开一条路的时候，她却忽然熬不住了？莫非她来此世上只是为了替儿子担忧，却不该分享我的一点点快乐？她匆匆离我而去时只有四十九岁呀！有那么一会儿，我甚至对世界对上帝充满了仇恨和厌恶。后来我在一篇题为《合欢树》的文章中写道："坐在小公园安静的树林里，我闭上眼睛，想：上帝为什么早早地召母亲回去呢？很久很久，迷迷糊糊地，我听见回答：'她心里太苦了，上帝看她受不住了，就召她回去。'我的心得到一点儿安慰，睁开眼睛，看见风正从树林里吹过。"小公园，指的也是地坛。

只是到了这时候，纷纭的往事才在我眼前幻现得清晰，母亲的苦难与伟大才在我心中渗透得深彻。上帝的考虑，也许是对的。

摇着轮椅在园中慢慢走，又是雾罩的清晨，又是骄阳高悬的白昼，我只想着一件事：母亲已经不在了。在老柏树旁停下，在草地上在颓墙边停下，又是处处虫鸣的午后，又是鸟儿归巢的傍晚，我心里只默念着一句话：可是母亲已经不在了。

把椅背放倒，躺下，似睡非睡挨到日没，坐起来，心神恍惚，呆呆地直坐到古祭坛上落满黑暗然后再渐渐浮起月光，心里才有点儿明白：母亲不能再来这园中找我了。

曾有过好多回，我在这园子里待得太久了，母亲就来找我。她来找我又不想让我发觉，只要见我还好好地在这园子里，她就悄悄转身回去。我看见过几次她的背影，我也看见过几回她四处张望的情景。她视力不好，端着眼镜像在寻找海上的一条船。她没看见我时我已经看见她了，待我看见她也看见我了我就不去看她，过一会儿我再抬头看她就又看见她缓缓离去的背影。我单是无法知道有多少回她没有找到我。有一回我坐在矮树丛中，树丛很密，我看见她没有找到我，她一个人在园子里走，走过我的身旁，走过我经常待的一些地方，步履茫然又急迫。我不知道她已经找了多久还要找多久，我不知道为什么我决意不喊她——但这绝不是小时候的捉迷藏，这也许是出于长大了的男孩子的倔强或羞涩。但这倔强只留给我痛悔，丝毫也没有骄傲。我真想告诫所有长大了的男孩子，千万不要跟母亲来这套倔强，羞涩就更不必，我已经懂了可我已经来不及了。

儿子想使母亲骄傲，这心情毕竟是太真实了，以致使"想出名"这一声名狼藉的念头也多少改变了一点儿形象。这是个复杂的问题，且不去管它了罢。随着小说获奖的激动逐日暗淡，我开始相信，至少有一点我是想错了：我用纸笔在报刊上碰撞开的一条路，并不就是母亲盼望我找到的那条路。年年月月我都到这园子里来，年年月月我都要想，母亲盼望我找到的那条路到底是什么。母亲生前没给我留下过什么隽永的哲言，或要我恪守的教诲，只是在她去世之后，她艰难的命运、坚忍的意志和毫不张扬的爱，随光阴流转，在我的印象中愈加鲜明深刻。

有一年，十月的风又翻动起安详的落叶，我在园中读书，听见两个散步的老人说："没想到这园子有这么大。"我放下书，想，这么大一座园子，要在其中找到她的儿子，母亲走过了多少焦灼的路。多年来我头一次意识到，这园中不单是处处都有过我的车辙，有过我的车辙的地方也都有过母亲的脚印。

如果以一天中的时间来对应四季，当然春天是早晨，夏天是中午，秋天是黄昏，冬天是夜晚。如果以乐器来对应四季，我想春天应该是小号，夏天是定音鼓，秋天是大提琴，冬天是圆号和长笛。要是以这园子里的声响来对应四季呢？那么，春天是祭坛上空飘浮着的鸽子的哨音，夏天是冗长的蝉歌和杨树叶子哗啦啦的对蝉歌的取笑，秋天是古殿檐头的风铃响，冬天是啄木鸟随意而空旷的啄木声。以园中的景物对应四季，春天是一径时而苍白时而黑润的小路，时而明朗时而阴晦的天上摇荡着串串杨花；夏天是一条条耀眼而灼人的石凳，或阴凉而爬满了青苔的石阶，阶下有果皮，阶上有半张被坐皱的报纸；秋天是一座青铜的大钟，在园子的西北角上曾丢弃着一座很大的铜钟，铜钟与这园子一般年纪，浑身挂满绿锈，文字已不清晰；冬天，是林中空地上几只羽毛蓬松的老麻雀。以心绪对应四季呢？春天是卧病的季节，否则人们不易发觉春天的残忍与渴望；夏天，情人们应该在这个季节里失恋，不然就似乎对不起爱情；秋天是从外面买一盆花回家的时候，把花搁在阔别了的家中，并且打开窗户把阳光也放进屋里，慢慢回忆慢慢整理一些发过霉的东西；冬天伴着火炉和书，一遍遍坚定不死的决心，写一些并不发出的信。还可以用艺术形式对应四季，这样春天就是一幅画，夏天是一部长篇小说，秋天是一首短歌或诗，冬天是一群雕塑。以梦呢？以梦对应四季呢？春天是树尖上的呼喊，夏天是呼喊中的细雨，秋天是细雨中的土地，冬天是干净的土地上的一只孤零的烟斗。

因为这园子，我常感恩于自己的命运。

我甚至现在就能清楚地看见，一旦有一天我不得不长久地离开它，我会怎样想念它，我会怎样想念它并且梦见它，我会怎样因为不敢想念它而梦也梦不到它。

四

现在让我想想，十五年中坚持到这园子来的人都有谁呢？好像只剩了我和一对老人。

十五年前，这对老人还只能算是中年夫妇，我则货真价实还是个青年。他们总在薄暮时分来园中散步，我不大弄得清他们是从哪边的园门进来，一般来说他们是逆时针绕这园子走。男人个子很高，肩宽腿长，走起路来目不斜视，胯以上直至脖颈挺直不动，他的妻子攀了他一条胳膊走，也不能使他的上身稍有松懈。女人个子却矮，也不算漂亮，我无端地相信她必出身于家道中衰的名门富族；她攀在丈夫胳膊上像个娇弱的孩子，她向四周观望似总含着恐惧，她轻声与丈夫谈话，见有人走近就立刻怯怯地收住话头。我有时因为他们而想起冉阿让与柯赛特，但这想法并不巩固，他们一望即知是老夫老妻。两个人的穿着都算得上考究，但由于时代的演进，他们的服饰又可以称为古朴了。他们和我一样，到这园子里来几乎是风雨无阻，不过他们比我守时。我什么时间都可能来，他们则一定是在暮色初临的时候。刮风时他们穿了米色风衣，下雨时他们打了黑色的雨伞，夏天他们的衬衫是白色的，裤子是黑色的或米色的，冬天他们的呢子大衣又都是黑色的，想必他们只喜欢这三种颜色。他们逆时针绕这园子一周，然后离去。他们走过我身旁时只有男人的脚步响，女人像是贴在高大的丈夫身上跟着漂移。我相信他们一定对我有印象，但是我们没有说过话，我们互相都没有想要接近的表示。十五年中，他们或许注意到一个小伙子进入了中年，我则看着一对令人羡慕的中年情侣不觉中成了两个老人。

曾有过一个热爱唱歌的小伙子，他也是每天都到这园中来，来唱歌，唱了好多年，后来不见了。他的年纪与我相仿，他多半是早晨来，唱半小时或整整唱一个上午，估计在另外的时间里他还得上班。我们经常在祭坛东侧的小路上相遇，我知道他是到东南角的高墙下去唱歌，他一定猜想我去东北角的树林里做什么。我找到我的地方，抽几口烟，便听见他谨慎地整理歌喉了。他反反复复唱那么几首歌。"文化大革命"没过去的时候，他唱"蓝蓝的天上白云飘，白云下面马儿跑……"我老也记不住这歌的名字。"文革"后，他唱《货郎与小姐》中那首最为流传的咏叹调。"卖布——卖布嘞，卖布——卖布嘞！"我记得这开头的一句他唱得很有声势，在早晨清澈的空气中，货郎跑遍园中的每一个角落去恭维小姐。"我交了好运气，我交了好运气，我为幸福唱歌曲……"然后他就一遍一遍地唱，不让货郎的激情稍减。依我听来，他的技术不算精到，在关键的地方常出差错，但他的嗓子是相当不坏的，而且唱一个上午也听不出一点儿疲惫。太阳也不疲惫，把大树的影子缩小成一团，把疏忽大意的蚯蚓晒干在小路上。将近中午，我们又在祭坛东侧相遇，他看一看我，我看一看他，他往北去，我往南去。日子久了，我感到我们都有结识的愿望，但似乎都不知如何开口。于是互相注视一下终又都移开目光擦身而过；这样的次数一多，便更不知如何开口了。终于有一天——一个丝毫没有特点的日子，我们互相点了一下头。他说："你好。"我说："你好。"他说："回去啦？"我说："是，你呢？"他说："我也该回去了。"我们都放慢脚步（其实我是放慢车速），想再多说几句，但仍然是不知从何说起，这样我们就都走过了对方，又都扭转身子面向对方。他说："那就再见吧。"我说："好，再见。"便互相笑笑各走各的路了。但是我们没有再见，那以后，园中再没了他的歌声，我才想到，那天他或许是有意与我道别的，也许他考上哪家专业的文工团或歌舞团了吧？真希望他如他歌里所唱的那样，交了好运气。

　　还有一些人，我还能想起一些常到这园子里来的人。有一个老头，算得一个真正的饮者。他在腰间挂一个扁瓷瓶，瓶里当然装满了酒，常来这园中消磨午后的时光。他在园中四处游逛，如果你不注意你会以为园中有好几个这样的老头，等你看过了他卓尔不群的饮酒情状，你就会相信这是个独一无二的老头。他的衣着过分随便，走路的姿态也不慎重，走上五六十米路便选定一处地方，一只脚踏在石凳上或土埂上或树墩上，解下腰间的酒瓶，解酒瓶的当儿眯起眼睛把一百八十度视角内的景物细细看一遭，然后以迅雷不及掩耳之势倒一大口酒入肚，把酒瓶摇一摇再挂向腰间，平心静气地想一会儿什么，便走下一个五六十米去。还有一个捕鸟的汉子，那岁月园中人少，鸟却多，他在西北角的树丛中拉一张网，鸟撞在上面，羽毛戗在网眼里便不能自拔。他单等一种过去很多而现在非常罕见的鸟，其他的鸟撞在网上他就把它们摘下来放掉，他说已经有好多年没等到那种罕见的鸟了，他说他再等一年看看到底还有没有那种鸟，结果他又等了好多年。早晨和傍晚，在这园子里可以看见一个中年女工程师，早晨她从北向南穿过这园子去上班，傍晚她从南向北穿过这园子回家，事实上我并不了解她的职业或者学历，但我以为她必是个学理工的知识分子，别样的人很难有她那般的素朴并优雅。当她在园中穿行的时刻，四周的树林也仿佛更加幽静，清淡的目光中竟似有悠远的琴声，比如说是那曲《献给艾丽丝》才好。我没有见过她的丈夫，没有见过那个幸运的男人是什么样子，我想象过却想象不出，后来忽然懂了想象不出才好，那个男人最好不要出现。她走出北门回家去，我竟有点担心，担心她会落入厨房。不过，也许她在厨房里劳作的情景更有另外的美吧，当然不能再是《献给艾丽丝》，是个什么曲子呢？还有一个人，是我的朋友，他是个最有天赋的长跑家，但他被埋没了。他因为在"文革"中出言不慎而坐了几年牢，出来后好不容易找了个拉板车的工作，样样待遇都不能与别人平等，苦闷极了便练习长跑。那时他总来这园子里跑，我用手表为他计时，他每跑一圈向我招一下手，我就记下一个时间。每次他要环绕这园子跑二十圈，大约两万米。他盼望以他的长跑成绩来获得政治上真正的解放，他以为记者的镜头和文字可以帮他做到这一点。第一年他在春节环城赛上跑了第十五名，他看见前十名的照片都挂在了长安街的新闻橱窗里，于是有了信心。第二年他跑了第四名，可是新闻橱窗里只挂了前三名的照片，他没灰心。第三年他跑了第七名，橱窗里挂前六名的照片，他有点儿怨自己。第四年他跑了第三名，橱窗里却只挂了第一名的照片。第五年他跑了第一名——他几乎绝望了，橱窗里只有一幅环城赛群众场面的照片。那些年我们俩常一起在这园子里待到天黑，开怀痛骂，骂完沉默着回家，分手时再互相叮嘱：先别去死，再试着活一活看。现在他已经不跑了，年岁太大了，跑不了那么快了。最后一次参加环城赛，他以三十八岁之龄又得了第一名并且破了纪录，有一位专业队的教练对他说："我要是十年前发现你就好了。"他苦笑一下什么也没说，只在傍晚又来这园中找到我，把这事平静地向我叙说一遍。不见他已有好几年了。现在他和妻子和儿子住在很远的地方。

这些人现在都不到园子里来了，园子里差不多完全换了一批新人。十五年前的旧人，现在就剩我和那对老夫老妻了。有那么一段时间，这老夫老妻中的一个也忽然不来，薄暮时分唯男人独自来散步，步态也明显迟缓了许多。我悬心了很久，怕是那女人出了什么事。幸好过了一个冬天那女人又来了，两个人仍是逆时针绕着园子走，一长一短两个身影恰似钟表的两支指针；女人的头发白了很多，但依旧攀着丈夫的胳膊走得像个孩子。"攀"这个字用得不恰当了，或许可以用"挽"吧，不知有没有兼具这两个意思的字。

五

我也没有忘记一个孩子——一个漂亮而不幸的小姑娘。

十五年前的那个下午，我第一次到这园子里来就看见了她，那时她大约三岁，蹲在斋宫西边的小路上捡树上掉落的"小灯笼"。那儿有几棵大栾树，春天开一簇簇细小而稠密的黄花，花落了便结出无数如同三片叶子合抱的小灯笼，小灯笼先是绿色，继而转白，再变黄，成熟了掉落得满地都是。小灯笼精巧得令人爱惜，成年人也不免捡了一个还要捡一个。小姑娘咿咿呀呀地跟自己说着话，一边捡小灯笼。她的嗓音很好，不是她那个年龄所常有的那般尖细，而是很圆润甚或是厚重，也许是因为那个下午园子里太安静了。我奇怪这么小的孩子怎么一个人跑来这园子里，我问她住在哪儿。她随手指一下，就喊她的哥哥。沿墙根一带的茂草之中便站起一个七八岁的男孩，朝我望望，看我不像坏人便对他的妹妹说："我在这儿呢！"又伏下身去。他在捉什么虫子。他捉到螳螂、蚂蚱、知了和蜻蜓，来取悦他的妹妹。有那么两三年，我经常在那几棵大栾树下见到他们，兄妹俩总是在一起玩，玩得和睦融洽，都渐渐长大了些。之后有很多年没见到他们。我想他们都在学校里吧，小姑娘也到了上学的年龄，必是告别了孩提时光，没有很多机会来这儿玩了。这事很正常，没理由太搁在心上，若不是有一年我又在园中见到他们，肯定就会慢慢把他们忘记。

那是个礼拜日的上午，那是个晴朗而令人心碎的上午。

时隔多年，我竟发现那个漂亮的小姑娘原来是个弱智的孩子。我摇着车到那几棵大栾树下去，恰又是遍地落满了小灯笼的季节。当时我正为一篇小说的结尾所苦，既不知为什么要给它那样一个结尾，又不知何以忽然不想让它有那样一个结尾，于是从家里跑出来，想依靠着园中的镇静，看看是否应该把那篇小说放弃。我刚刚把车停下，就见前面不远处有几个人在戏耍一个少女，做出怪样子来吓她，又喊又笑地追逐她拦截她，少女在几棵大树间惊惶地东跑西躲，却不松手揪卷在怀里的裙裾，两条腿袒露着也似毫无察觉。我看出少女的智力是有些缺陷，却还没看出她是谁。我正要驱车上前为少女解围，就见远处飞快地骑车来了个小伙子，于是那几个戏耍少女的家伙望风而逃。小伙子把自行车支在少女近旁，怒目望着那几个四散逃窜的家伙，一声不吭喘着粗气，脸色如暴雨前的天空一样一会儿比一会儿苍白。这时我认出了他们，小伙子和少女就是当年那对小兄妹。我几乎是在心里惊叫了一声，或者是哀号。世上的事常常使上帝的居心变得可疑。小伙子向他的妹妹走去，少女松开了手，裙裾随之垂落下来，很多很多她捡的小灯笼便撒落一地，铺散在她脚下。她仍然算得上漂亮，但双眸迟滞没有光彩。她呆呆地望着那群跑散的家伙，望着极目之处的空寂。凭她的智力绝不可能把这个世界想明白吧？大树下，破碎的阳光星星点点，风把遍地的小灯笼吹得滚动，仿佛暗哑地响着的无数小铃铛。哥哥把妹妹扶上自行车后座，带着她无言地回家去了。

无言是对的。要是上帝把漂亮和弱智这两样东西都给了这个小姑娘，就只有无言和回家去是对的。

谁又能把这世界想个明白呢？世上的很多事是不堪说的。你可以抱怨上帝何以要降诸多苦难给这人间，你也可以为消灭种种苦难而奋斗，并为此享有崇高与骄傲，但只要你再多想一步你就会坠入深深的迷茫了：假如世界上没有了苦难，世界还能够存在么？要是没有愚钝，机智还有什么光荣呢？要是没了丑陋，漂亮又怎么维系自己的幸运？要是没有了恶劣和卑下，善良与高尚将如何界定自己又如何成为美德呢？要是没有了残疾，健全会否因其司空见惯而变得腻烦和乏味呢？我常梦想着在人间彻底消灭残疾，但可以相信，那时将由患病者代替残疾人去承担同样的苦难。如果能够把疾病也全数消灭，那么这份苦难又将由（比如说）相貌丑陋的人去承担了。就算我们连丑陋，连愚昧和卑鄙和一切我们所不喜欢的事物和行为，也都可以统统消灭掉，所有的人都一样健康、漂亮、聪慧、高尚，结果会怎样呢？怕是人间的剧目就全要收场了，一个失去差别的世界将是一条死水，是一块没有感觉也没有肥力的沙漠。

看来差别永远是要有的。看来就只好接受苦难——人类的全部剧目需要它，存在的本身需要它。看来上帝又一次对了。

于是就有一个最令人绝望的结论等在这里：由谁去充任那些苦难的角色？又由谁去体现这世间的幸福、骄傲和欢乐？只好听凭偶然，是没有道理好讲的。

就命运而言，休论公道。

那么，一切不幸命运的救赎之路在哪里呢？

设若智慧或悟性可以引领我们去找到救赎之路，难道所有的人都能够获得这样的智慧和悟性吗？

我常以为是丑女造就了美人。我常以为是愚氓举出了智者。我常以为是懦夫衬照了英雄。我常以为是众生度化了佛祖。

六

设若有一位园神，他一定早已注意到了，这么多年我在这园里坐着，有时候是轻松快乐的，有时候是沉郁苦闷的，有时候优哉游哉，有时候恓惶落寞，有时候平静而且自信，有时候又软弱，又迷茫。其实总共只有三个问题交替着来骚扰我，来陪伴我。第一个是要不要去死，第二个是为什么活，第三个，我干吗要写作。

现在让我看看，它们迄今都是怎样编织在一起的吧。

你说，你看穿了死是一件无须乎着急去做的事，是一件无论怎样耽搁也不会错过的事，便决定活下去试试？是的，至少这是很关键的因素。为什么要活下去试试呢？好像仅仅是因为不甘心。机会难得，不试白不试，腿反正是完了，一切仿佛都要完了，但死神很守信用，试一试不会额外再有什么损失，说不定倒有额外的好处呢是不是？我说过，这一来我轻松多了，自由多了。为什么要写作呢？"作家"是两个被人看重的字，这谁都知道。为了让那个躲在园子深处坐轮椅的人，有朝一日在别人眼里也稍微有点儿光彩，在众人眼里也能有个位置，哪怕那时再去死呢也就多少说得过去了。开始的时候就是这样想，这不用保密。这些现在不用保密了。

我带着本子和笔，到园中找一个最不为人打扰的角落，偷偷地写。那个爱唱歌的小伙子在不远的地方一直唱。要是有人走过来，我就把本子合上把笔叼在嘴里。我怕写不成反落得尴尬。我很要面子。可是你写成了，而且发表了。人家说我写得还不坏，他们甚至说：真没想到你写得这么好。我心说你们没想到的事还多着呢。我确实有整整一宿高兴得没合眼。我很想让那个唱歌的小伙子知道，因为他的歌也毕竟是唱得不错。我告诉我的长跑家朋友的时候，那个中年女工程师正优雅地在园中穿行。长跑家很激动，他说好吧，我玩命跑，你玩命写。这一来你中了魔了，整天都在想哪一件事可以写，哪一个人可以让你写成小说。是中了魔了，我走到哪儿想到哪儿，在人山人海里只寻找小说。要是有一种小说试剂就好了，见人就滴两滴看他是不是一篇小说；要是有一种小说显影液就好了，把它泼满全世界看看都是哪儿有小说。中了魔了，那时我完全是为了写作活着。结果你又发表了几篇，并且出了一点儿小名，可这时你越来越感到恐慌。我忽然觉得自己活得像个人质，刚刚有点儿像个人了却又过了头，像个人质，被一个什么阴谋抓了来当人质，不定哪天被处决，不定哪天就完蛋。你担心要不了多久你就会文思枯竭，那样你就又完了。凭什么我总能写出小说来呢？凭什么那些适合作小说的生活素材就总能送到一个截瘫者跟前来呢？人家满世界跑都有枯竭的危险，而我坐在这园子里凭什么可以一篇接一篇地写呢？你又想到死了。我想见好就收吧。当一名人质实在是太累了太紧张了，太朝不保夕了。我为写作而活下来，要是写作到底不是我应该干的事，我想我再活下去是不是太冒傻气了？你这么想着你却还在绞尽脑汁地想写。我好歹又拧出点儿水来，从一条快要晒干的毛巾上。恐慌日甚一日，随时可能完蛋的感觉比完蛋本身可怕多了，所谓不怕贼偷就怕贼惦记，我想人不如死了好，不如不出生的好，不如压根儿没有这个世界的好。可你并没有去死。我又想到那是一件不必着急的事。可是不必着急的事并不证明是一件必要拖延的事呀！你总是决定活下来，这说明什么？是的，我还是想活。人为什么活着？因为人想活着，说到底是这么回事，人真正的名字叫作：欲望。可我不怕死，有时候我真的不怕死。有时候——说对了。不怕死和想去死是两回事，有时候不怕死的人是有的，一生下来就不怕死的人是没有的。我有时候倒是怕活。可是怕活不等于不想活呀！可我为什么还想活呢？因为你还想得到点儿什么，你觉得你还是可以得到点儿什么的，比如说爱情，比如说价值感之类，人真正的名字叫欲望。这不对吗？我不该得到点儿什么吗？没说不该。可我为什么活得恐慌，就像个人质？后来你明白了，你明白你错了，活着不是为了写作，而写作是为了活着。你明白了这一点是在一个挺滑稽的时刻。那天你又说你不如死了好，你的一个朋友劝你：你不能死，你还得写呢，还有好多好作品等着你去写呢。这时候你忽然明白了，你说：只是因为我活着，我才不得不写作。或者说只是因为你还想活下去，你才不得不写作。是的，这样说过之后我竟然不那么恐慌了。就像你看穿了死之后所得的那份轻松？一个人质报复一场阴谋的最有效的办法是把自己杀死。我看出我得先把我杀死在市场上，那样我就不用参加抢购题材的风潮了。你还写吗？还写。你真的不得不写吗？人都忍不住要为生存找一些牢靠的理由。你不担心你会枯竭了？我不知道，不过我想，活着的问题在死之前是完不了的。

这下好了，您不再恐慌了，不再是个人质了，您自由了。算了吧你，我怎么可能自由呢？别忘了人真正的名字是：欲望。所以您得知道，消灭恐慌的最有效的办法就是消灭欲望。可是我还知道，消灭人性的最有效的办法也是消灭欲望。那么，是消灭欲望同时也消灭恐慌呢？还是保留欲望同时也保留人性？

我在这园子里坐着，我听见园神告诉我：每一个有激情的演员都难免是一个人质。每一个懂得欣赏的观众都巧妙地粉碎了一场阴谋。每一个乏味的演员都是因为他老以为这戏剧与自己无关。每一个倒霉的观众都是因为他总是坐得离舞台太近了。

我在这园子里坐着，园神成年累月地对我说：孩子，这不是别的，这是你的罪孽和福祉。

七

要是有些事我没说，地坛，你别以为是我忘了，我什么也没忘，但是有些事只适合收藏。不能说，也不能想，却又不能忘。它们不能变成语言，它们无法变成语言，一旦变成语言就不再是它们了。它们是一片朦胧的温馨与寂寥，是一片成熟的希望与绝望，它们的领地只有两处：心与坟墓。比如说邮票，有些是用于寄信的，有些仅仅是为了收藏。

如今我摇着车在这园子里慢慢走，常常有一种感觉，觉得我一个人跑出来已经玩得太久了。有一天我整理我的旧相册，看见一张十几年前我在这园子里照的照片——那个年轻人坐在轮椅上，背后是一棵老柏树，再远处就是那座古祭坛。我便到园子里去找那棵树。我按着照片上的背景找很快就找到了它，按着照片上它枝干的形状找，肯定那就是它。但是它已经死了，而且在它身上缠绕着一条碗口粗的藤萝。我当然记得园工们种那棵藤萝时的情景，我却不记得是在什么时候它已经长到了碗口粗。有一天我在这园子里碰见一个老太太，她说："哟，你还在这儿哪？"她问我："你母亲还好吗？""您是谁？""你不记得我，我可记得你。有一回你母亲来这儿找你，她问我您看没看见一个摇轮椅的孩子？……"我忽然觉得，我一个人跑到这世界上来玩真是玩得太久了。有一天夜晚，我独自坐在祭坛边的路灯下看书，忽然从那漆黑的祭坛里传出一阵阵唢呐声。四周都是参天古树，方形的祭坛占地几百平米空旷坦荡独对苍天，我看不见那个吹唢呐的人，唯唢呐声在星光寥寥的夜空里低吟高唱，时而悲怆时而欢快，时而缠绵时而苍凉，或许这几个词都不足以形容它，我清清醒醒地听出它响在过去，响在现在，响在未来，回旋飘转亘古不散。

必有一天，我会听见喊我回去。

那时您可以想象一个孩子，他玩累了可他还没玩够呢，心里好些新奇的念头甚至等不及到明天。也可以想象是一个老人，无可置疑地走向他的安息地，走得任劳任怨。还可以想象一对热恋中的情人，互相一次次说"我一刻也不想离开你"，又互相一次次说"时间已经不早了"，时间不早了可我一刻也不想离开你，一刻也不想离开你可时间毕竟是不早了。

我说不好我想不想回去。我说不好是想还是不想，还是无所谓。我说不好我是像那个孩子，还是像那个老人，还是像一个热恋中的情人。很可能是这样：我同时是他们三个。我来的时候是个孩子，他有那么多孩子气的念头所以才哭着喊着闹着要来，他一来一见到这个世界便立刻成了不要命的情人，而对一个情人来说，不管多么漫长的时光也是稍纵即逝，那时他便明白，每一步每一步，其实一步步都是走在回去的路上。当牵牛花初开的时节，葬礼的号角就已吹响。

但是太阳，他每时每刻都是夕阳也都是旭日。当他熄灭着走下山去收尽苍凉残照之际，正是他在另一面燃烧着爬上山巅布散烈烈朝晖之时。有一天，我也将沉静着走下山去，扶着我的拐杖。那一天，在某一处山洼里，势必会跑上来一个欢蹦的孩子，抱着他的玩具。

当然，那不是我。

但是，那不是我吗？

宇宙以其不息的欲望将一个歌舞炼为永恒。这欲望有怎样一个人间的姓名，大可忽略不计。

我的母亲①

/ 汪曾祺

　　我父亲结过三次婚。我的生母姓杨。我不知道她的学名。杨家不论男女都是排行的。我母亲那一辈"遵"字排行，我母亲应该叫杨遵什么。前年我写信问我的姐姐，我们的母亲叫什么。姐姐回信说：叫"强四"。我觉得很奇怪，怎么叫这么个名呢？是小名么？也不大像。我知道我母亲不是行四。一个人怎么会连自己母亲的名字都不知道呢？因为我母亲活着的时候我太小了。

　　我三岁的时候，母亲就故去了。我对她一点印象都没有。她得的是肺病，病后即移住在一个叫"小房"的房间里，她也不让人把我抱去看她。我只记得我父亲用一个煤油箱自制了一

---

①　原载一九九三年第二期《作家》。

个炉子。煤油箱横放着，有两个火口，可以同时为母亲熬粥，熬参汤、燕窝，另外还记得我父亲雇了一只船陪她到淮城去就医，我是随船去的。还记得小船中途停泊时，父亲在船头钓鱼，我记得船舱里挂了好多大头菜。我一直记得大头菜的气味。

我只能从母亲的画像看看她。据我的大姑妈说，这张像画得很像。画像上的母亲很瘦，眉尖微蹙。样子和我的姐姐很相似。

我母亲是读过书的。她病倒之前每天还写一张大字。我曾在我父亲的画室里找出一摞母亲写的大字，字写得很清秀。

前年我回家乡，见着一个老邻居，她记得我母亲，看见过我母亲在花园里看花。——这家邻居和我们家的花园只隔一堵短墙。我母亲叫她"小新娘子"。"小新娘子，过来过来，给你一朵花戴。"我于是好像看见母亲在花园里看花，并且觉得她对邻居很和善。这位"小新娘子"已经是八十多岁的老太太了！

我还记得我母亲爱吃京冬菜。这东西我们家乡是没有的，是托做京官的亲戚带回来的，装在陶制的罐子里。

我母亲死后，她养病的那间"小房"锁了起来，里面堆放着她生前用的东西，全部嫁妆——"摞橱"、皮箱和铜火盆，朱漆的火盆架子……我的继母有时开锁进去，取一两样东西，我跟着进去看过。"小房"外面有一个小天井。靠南有一个秋叶形的小花台。花台上开了一些秋海棠。这些海棠自开自落，没人管它。花很伶仃，但是颜色很红。

我的第一个继母娘家姓张。他们家原来在张家庄住，是个乡下财主。后来在城里盖了房子，才搬进城来。房子是全新的，新砖，新瓦，油漆的颜色也都很新。没有什么花木，却有一片很大的桑园。我小时就觉得奇怪，又不养蚕，种那么多桑树做什么？桑树都长得很好，干粗叶大，是湖桑。

我的继母幼年丧母，她是跟姑妈长大的，姑妈家姓吴。继母的姑妈年轻守寡。她住的房子二梁上挂着一块匾，朱地金字："松贞柏节"，下款是"大总统题"。这大总统不知是谁，是袁世凯？还是黎元洪？吴家家境不富裕，住的房子是张家的三间偏房。老姑奶奶有两个儿子，一个叫大和子，一个叫小和子。两个儿子都没上学校，念了几年私塾，专学珠算。同年龄的少年学"鸡兔同笼"，他们却每天打"归除""斤求两，两求斤"。他们是准备到钱庄去学生意的。

我的继母归宁，也到她的继母屋里坐坐，但大部分时间都在这三间偏房里和姑妈在一起。我父亲到老丈人那边应酬应酬，说些淡话，也都在"这边"陪姑妈闲聊。直到"那边"来请坐席了，才过去。

继母身体不好。她婚前咳嗽得很厉害，和我父亲拜堂时是服用了一种进口的杏仁露压住的。

她是长女，但是我的外公显然并不钟爱她。她的陪嫁妆奁是不丰的。她有时准备出门做客，才戴一点首饰。比较好的首饰是副翡翠耳环。有一次，她要带我们到外公家拜年，她打扮了一下，换了一件灰鼠的皮袄。我觉得她一定会冷。这样的天气，穿一件灰鼠皮袄怎么行呢？然而她只有一件皮袄。我忽然对我的继母产生一种说不出来的感情。我可怜她，也爱她。

后娘不好当。我的继母进门就遇到一个局面，"前房"（我的生母）留下三个孩子：我姐姐，我，还有一个妹妹。这对于"后娘"当然会是沉重的负担。上有婆婆，中有大姑子、小姑子，还有一些亲戚邻居，他们都拿眼睛看着，拿耳朵听着。

也许我和娘（我们都叫继母为娘）有缘，娘很喜欢我。

她每次回娘家，都是吃了晚饭才回来。张家总是叫了两辆黄包车，姐姐和妹妹坐一辆，娘搂着我坐一辆。张家有个规矩（这规矩是很多人家都有的），姑娘回自己婆家，要给孩子手里拿两根点着了的安息香。我于是拿着两根安息香，偎在娘怀里。黄包车慢慢地走着。两旁人家、店铺的影子向后移动着，我有点迷糊。闻着安息香的香味，我觉得很幸福。

小学一年级时，冬天，有一天放学回家，我大便急了，憋不住，拉在裤子里了（我记得我拉的屎是热腾腾的）。我兜着一裤兜屎，一扭一扭地回了家。我的继母一闻，二话没说，赶紧烧水，给我洗了屁股。她把我擦干净了，让我围着棉被坐着，接着就给我洗衬裤刷棉裤。她不但没有说我一句，连眉头都没有皱一下。

我妹妹长了头虱，娘煎了草药给她洗头，用篦子给她篦头发。张氏娘认识字，念过《女儿经》。《女儿经》有几个版本，她念过的那本，她从娘家带了过来，我看过。里面有这样的句子："张家长，李家短，别人的事情我不管。"她就是按照这一类道德规范做人的。她有时念经：《金刚经》《心经》《高王经》。她是为她的姑妈念的。

她做的饭菜有些是乡下做法，比如番瓜（南瓜）熬面疙瘩、煮百合先用油炒一下。我觉得这样的吃法很怪。

她死于肺病。

我的第二个继母姓任。任家是邵伯大地主，庄园有几座大门，庄园外有壕沟吊桥。

我父亲是到邵伯结的婚。那年我已经十七岁，读高二了。父亲写信给我和姐姐，叫我们去参加他的婚礼。任家派一个长工推了一辆独轮车到邵伯码头来接我们。我和姐姐一人坐一边。我第一次坐这种独轮车，觉得很有趣。

我已经很大了，任氏娘对我们很客气，称呼我是"大少爷"。我十九岁离开家乡到昆明读大学。一九八六年回乡，这时娘才改口叫我"曾祺"。——我这时已经六十六岁，也不是什么"少爷"了。

我对任氏娘很尊敬，因为她伴随我的父亲度过了漫长的很艰苦的沧桑岁月。

她今年八十六岁。

想我的母亲

/ 梁实秋

父母对子女的爱，子女对父母的爱，是神圣的。我写过一些杂忆的文字，不曾写过我的父母，因为关于这个题目我不敢轻易下笔。小民女士逼我写几句话，辞不获已，谨先略述二三小事以应，然已临文不胜风木之悲。

我的母亲姓沈，杭州人。世居城内上羊市街。我在幼时曾侍母归宁，时外祖母尚在，年近八十。外祖父入学后，没有更进一步的功名，但是课子女读书甚严。我的母亲教导我们读书启蒙，尝①说起她小时苦读的情形。她同我的两位舅父一起冬夜读书，冷得腿脚僵冻，取大竹篓一，实以败絮，三个人伸足其中以取暖。我当时听得惕然心惊，遂不敢荒嬉。我的母亲来

---

① 指曾经。尝，文言词，曾，曾经。

我家时年甫十八九，以后操持家务尽瘁终身，不复有暇进修。

我同胞兄弟姐妹十一人，母亲的煦育之劳可想而知。我记得我母亲常于百忙之中抽空给我们几个较小的孩子洗澡。我怕肥皂水流到眼里，我怕痒，总是躲躲闪闪，总是咯咯地笑个不住，母亲没有工夫和我们纠缠，随手一巴掌打在身上，边洗边打边笑。

北方的冬天冷，屋里虽然有火炉，睡时被褥还是凉似铁。尤其是钻进被窝之后，脖子后面透风，冷气顺着脊背吹了进来。我们几个孩子睡一个大炕，头朝外，一排四个被窝。母亲每晚看到我们钻进了被窝，叽叽喳喳地笑语不停，便走过来把油灯吹熄，然后给我们一个个地把脖子后面的棉被塞紧，被窝立刻暖和起来，不知不觉地就睡着了。我不知道母亲用的是什么手法，只知道她塞棉被带给我无可言说的温暖舒适，我至今想起来还是快乐的，可是那个感受不可复得了。

我从小不喜欢喧闹。祖父母生日照例院里搭台唱傀儡戏或滦州影。一过八点我便掉头而去进屋睡觉。母亲得暇便取出一个大簸箩，里面装的是针线剪尺一类的缝纫器材，她要做一些缝缝连连的工作，这时候我总是一声不响地偎在她的身旁，她赶我走我也不走，有时候竟睡着了。母亲说我乖，也说我孤僻。如今想想，一个人能有多少时间可以偎在母亲身旁？

在我的儿时记忆中，我母亲好像是没有时候睡觉。天亮就要起来，给我们梳小辫是一桩大事，一根一根地梳个没完。她自己要梳头，我记得她用一把抿子蘸着刨花水，把头发弄得锃光大亮。然后她就要一听上房有动静便急忙前去当差。盖碗茶、燕窝、莲子、点心，都有人预备好了，但是需要她去双手捧着送到祖父母跟前，否则要儿媳妇做什么？在公婆面前，儿媳妇是永远站着，没有座位的。足足地站几个钟头下来，不是缠足的女人怕也受不了！最苦的是，公婆年纪大，不过午夜不安歇，儿媳妇要跟着熬夜在一旁侍候。她困极了，有时候回到房里来不及脱衣服倒下便睡着了。虽然如此，母亲从来没有发过一句怨言。到了民元前几年，祖父母相继去世，我母亲才稍得清闲，然而主持家政教养儿女也够她劳苦的了。她抽暇隔几年返回杭州老家去度夏，有好几次都是由我随侍。

母亲爱她的家乡。在北京住了几十年，乡音不能完全改掉。我们常取笑她，例如北京的"京"，她说成"金"，她有时也跟我们学，总是学不好，她自己也觉得好笑。我有时学着说杭州话，她说难听死了，像是门口儿卖笋尖的小贩说的话。

我想一般人都会同意，凡是自己母亲做的菜永远是最好吃的。我的母亲平常不下厨房，但是她高兴的时候，尤其是父亲亲自到市场买回鱼鲜或其他南货的时候，在父亲特烦之下，她也欣然操起刀俎。这时候我们就有福了。我十四岁离家到清华，每星期回家一天，母亲就特别疼爱我，几乎很少例外地要亲自给我炒一盘冬笋木耳韭菜黄肉丝，起锅时浇一勺花雕酒，这是我最喜欢的一道菜。但是这一盘菜一定要母亲自己炒，别人炒味道就不一样了。

我母亲喜欢在高兴的时候喝几盅酒。冬天午后围炉的时候，她常要我们打电话到长发叫五斤花雕，绿釉瓦罐，口上罩着一张毛边纸，温热了倒在茶杯里和我们共饮。下酒的是大落花生，若是有"抓空儿的"，买些干瘪的花生吃则更有味。我和两位姐姐陪母亲一顿吃完那一罐酒。后来我在四川独居无聊，一斤花生一罐茅台当作晚饭，朋友们笑我吃"花酒"，其实是我母亲留下的作风。

我自从入了清华，以后和母亲在一起的时候就少了。抗战前后各有三年和母亲住在一起。母亲晚年喜欢听评剧，最常去的地方是吉祥，因为离家近，打个电话给卖飞票的，总有好的座位。我很后悔，我没能分出时间陪她听戏，只是由我的姐姐弟弟们陪她消遣。

　　我父亲曾对我说，我们的家所以成为一个家，我们几个孩子所以能成为人，全是靠了我母亲的辛劳维护。一九四九年以后，音讯中断，直等到恢复联系，才知道母亲早已弃养，享寿九十岁。西俗，母亲节佩红康乃馨，如不确知母亲是否尚在则佩红白康乃馨各一。如今我只有佩白康乃馨的份了，养生送死，两俱有亏，惨痛惨痛！

我的母亲①

/ 丰子恺

中国文化馆要我写一篇《我的母亲》，并寄我母亲的照片一张。照片我有一张四寸的肖像。一向挂在我的书桌的对面。已有放大的挂在堂上，这一张小的不妨送人。但是《我的母亲》一文从何处说起呢？看看母亲的肖像，想起了母亲的坐姿。母亲生前没有摄取坐像的照片，但这姿态清楚地摄入在我脑海中的底片上，不过没有晒出。现在就用笔墨代替显影液和定影液，把我母亲的坐像晒出来吧：

我的母亲坐在我家老屋的西北角②里的八仙椅子上，眼睛

---

① 本文曾收入一九四八年九月一日中国文化馆香港分馆出版的《我的母亲》一书中。——编者注

② 此处为作者误写，老屋不是朝南而是朝东的，西北角应作西南角。下同。——编者注

里发出严肃的光辉，口角上表出慈爱的笑容。

　　老屋的西北角里的八仙椅子，是母亲的老位子。从我小时候直到她逝世前数月，母亲空下来总是坐在这把椅子上，这是很不舒服的一个座位：我家的老屋是一所三开间的楼厅，右边一间是我的堂兄家，左边一间是我的堂叔家，中央一间是我家。但是没有板壁隔开，只拿在左右的两排八仙椅子当作三份人家的界限。所以母亲坐的椅子，背后凌空。若是沙发椅子，三面是柔软的厚壁，凌空原无妨碍。但我家的八仙椅子是木造的，坐板和靠背成九十度角，靠背只是疏疏的几根木条，其高只及人的肩膀。母亲坐着没处搁头，很不安稳。母亲又防椅子的脚摆在泥土上要霉烂，用二三寸高的木座子衬在椅子脚下，因此这只八仙椅子特别高，母亲坐上去两脚须得挂空，很不便利。所谓西北角，就是左边最里面的一只椅子。这椅子的里面就是通过退堂的门。退堂里就是灶间。母亲坐在椅子上向里面顾，可以看见灶头。风从里面吹出的时候，烟灰和油气都吹在母亲身上，很不卫生。堂前隔着三四尺阔的一条天井便是墙门。墙外面便是我们的染坊店。母亲坐在椅子里向外面望，可以看见杂沓往来的顾客，听到沸反盈天的市井声，很不清静。但我的母亲一向坐在我家老屋西北角里的这样不安稳、不便利、不卫生、不清静的一只八仙椅子上，眼睛发出严肃的光辉，口角上表出慈爱的笑容。母亲为什么老是坐在这样不舒服的椅子里呢？因为这位子在我家中最为冲要。母亲坐在这位子里可以顾到灶上，又可以顾到店里。母亲为要兼顾内外，便顾不到座位的安稳不安稳，便利不便利，卫生不卫生，和清静不清静了。

我四岁时，父亲中了举人①，同年祖母逝世，父亲丁艰在家，郁郁不乐，以诗酒自娱，不管家事，丁艰终而科举废，父亲就从此隐遁。这期间家事店事，内外都归母亲一人兼理。我从书堂出来，照例走向坐在西北角里的椅子上的母亲的身边，向她讨点东西吃吃。母亲口角上表出亲爱的笑容，伸手除下挂在椅子头顶的"饿杀猫篮"②，拿起饼饵给我吃；同时眼睛里发出严肃的光辉，给我几句勉励。

我九岁的时候，父亲遗下了母亲和我们姐弟六人，薄田数亩和染坊店一间而逝世。我家内外一切责任全部归母亲负担。此后她坐在那椅子上的时间愈加多了。工人们常来坐在里面的凳子上，同母亲谈家事；店伙们常来坐在外面的椅子上，同母

---

① 丰镇于一九〇二年中举，一九〇六年病逝。如按虚岁，作者在一九〇二年应为五岁，后面的九岁也是虚岁。——编者注
② 一种用细篾制成的、四周有孔通风的有盖竹篮，菜碗置篮中，猫无法吃到。

亲谈店事；父亲的朋友和亲戚邻人常来坐在对面的椅子上，同母亲交涉或应酬。我从学堂里放假回家，又照例走向西北角里的椅子边，同母亲讨个铜板。有时这四班人同时来到，使得母亲招架不住，于是她用了眼睛的严肃的光辉来命令、警戒或交涉；同时又用了口角上的慈爱的笑容来劝勉、抚爱或应酬。当时的我看惯了这种光景，以为母亲是天生成坐在这只椅子上的，而且天生成有四班人向她缠绕不清的。

我十七岁离开母亲，到远方求学。临行的时候，母亲眼睛里发出严肃的光辉，诚告我待人接物、求学立身的大道；口角上表出慈爱的笑容，关照我起居饮食一切的细事。她给我准备学费，她给我置备行李，她给我制一罐猪油炒米粉，放在我的网篮里；她给我做一个小线板，上面插两只引线放在我的箱子里，然后送我出门。放假归来的时候，我一进店门，就望见母亲坐在西北角里的八仙椅子上。她欢迎我归家，口角上表出慈爱的笑容；她探问我的学业，眼睛里发出严肃的光辉。晚上她亲自上灶，烧些我所爱吃的菜蔬给我吃，灯下她详询我的学校生活，加以勉励、教训或责备。

我廿二岁毕业后，赴远方服务，不克依居母亲膝下，唯假期归省。每次归家，依然看见母亲坐在西北角里的椅子上，眼睛里发出严肃的光辉，口角上表出慈爱的笑容。她像贤主一般招待我，又像良师一般教训我。

只是她的头发已由灰白渐渐转成银白了。

我三十岁时，弃职归家，读书、著述、奉母。母亲还是每天坐在西北角里的八仙椅子上，眼睛里发出严肃的光辉，口角上表出慈爱的笑容。

我三十三岁时，母亲逝世。我家老屋西北角里的八仙椅子上，从此不再有我母亲坐着了。然而我每逢看见这只椅子的时候，脑际一定浮出母亲的坐像——眼睛里发出严肃的光辉，口角上表出慈爱的笑容。她是我的母亲，同时又是我的父亲。她以一身任严父兼慈母之职而训诲我抚养我，我从呱呱坠地的时候直到三十三岁，不，直到现在。陶渊明诗云："昔闻长者言，掩耳每不喜。"我也犯这个毛病；我曾经全部接受了母亲的慈爱，但不会全部接受她的训诲。所以现在我每次在想象中瞻望母亲的坐像，对于她口角上的慈爱的笑容觉得十分感谢，对于她眼睛里的严肃的光辉觉得十分恐惧。这光辉每次给我以深刻的警惕和有力的勉励。

我的家庭

/ 沈从文

咸同之际，中国近代史极可注意之一页，曾左胡彭[①]所领带的湘军部队中，筸军[②]有个相当的位置。统率筸军转战各处的是一群青年将校，原多卖马草为生，最著名的为田兴恕。当时同伴数人，年在二十左右，同时得到清朝提督衔的共有四位，其中有一沈洪富，便是我的祖父。这青年军官二十二岁左右时，便曾做过一度云南昭通镇守使。同治二年，二十六岁又做过贵州总督，到后因创伤回到家中，终于在家中死掉了。这青年军官死去时，所留下的一份光荣与一份产业，使他后嗣在

---

① 指曾国藩、左宗棠、胡林翼、彭玉麟，四人在清代被誉为"四大中兴名臣"。

② 即竿军，因凤凰古称"镇竿"而得名。竿军发端于清嘉庆时期，多由汉人组成，苗族较少。咸丰年间，竿军参与镇压太平天国运动，立下累累战功。

本地方占了个较优越的地位。祖父本无子息，祖母为住乡下的叔祖父沈洪芳娶了个苗族姑娘，生了两个儿子，把老二过房做儿子。照当地习惯，和苗族所生儿女无社会地位，不能参与文武科举，因此这个苗女人被远远嫁去，乡下虽埋了个坟，却是假的。我照血统说，有一部分应属于苗族。我四五岁时，还曾到黄罗寨乡下去那个坟前磕过头。到一九二二年离开湘西时，在沅陵才从父亲口中明白这件事情。

就由于存在本地军人中那一份光荣，引起了后人对军人家世的骄傲。我的父亲生下地时，祖母所期望的事，是家中再来一个将军。家中所期望的并不曾失望，自体魄与气度两方面说来，我爸爸生来就不缺少一个将军的风仪。硕大、结实、豪放、爽直，一个将军所必需的种种本色，爸爸无不兼备。爸爸十岁左右时，家中就为他请了武术教师同老塾师，学习做将军所不可少的技术与学识。但爸爸还不曾成名以前，我的祖母却死去了。那时正是庚子联军入京的第三年。当庚子年大沽失守，镇守大沽的罗提督自尽殉职时，我的爸爸便正在那里做他身边一员裨将。那次战争据说毁去了我家中产业的一大半。由于爸爸的爱好，家中一点较值钱的宝货常放在他身边，这一来，便完全失掉了。战事既已不可收拾，北京失陷后，爸爸回到了家乡。第三年祖母死去。祖母死时我刚活到这世界上四个月。那时我头上已经有两个姐姐，一个哥哥。没有庚子的战争，我爸爸不会回来，我也不会存在。关于祖母的死，我仿佛还依稀记得包裹得紧紧的，我被谁抱着在一个白色人堆里转动，随后还被搁到一个桌子上去。我家中自从祖母死后十余年内不曾死去一人，若不是我在两岁以后做梦，这点影子便应当是那时唯一的记忆。

我的兄弟姐妹共九个，我排行第四，除去幼年殇去的姐妹，现在生存的还有五个，计兄弟姐妹各一，我应当在第三。

我的母亲姓黄，年纪极小时就随同我一个舅父外出在军营中生活，所见事情很多，所读的书也似乎较爸爸读的稍多。外祖黄河清是本地最早的贡生，守文庙做书院山长，也可说是当地唯一读书人。所以我母亲极小就认字读书，懂医方，会照相。舅父是个有新头脑的人物，本县第一个照相馆是那舅父办的，第一个邮政局也是舅父办的。我等兄弟姐妹的初步教育，便全是这个瘦小、机警、富于胆气与常识的母亲担负的。我的教育得于母亲的不少，她告我认字，告我认识药名，告我决断——做男子极不可少的决断。我的气度得于父亲影响的较少，得于妈妈的似较多。

我的母亲

/ 茅盾

外祖母第三次怀孕的时候，她自以为一定是个男胎。怀孕到六个月后，外祖父根据脉象，也认为十之七八是个男胎。不料生下来，却是个女的。外祖母这个刺激可不小，于是又犯了脑病，又消沉起来，整天不声不响，只抱着孩子喂奶，别的事一概不管，也不愿管。

外祖父却喜欢孩子，不论男女，他给这女儿取名"爱珠"。这就是我的母亲。

外祖母这次脑病，时间特别长，爱珠已经四岁了，祖母还是那样不声不响，对什么都不感兴趣。外祖父觉得女孩子渐渐长大，总得有人教养。他想起了他的连襟（也就是外祖母的同胞姐姐的丈夫），一个姓王的老秀才，家道小康，老夫妻俩无男无女。外祖父就把女儿送到王家请代教养。爱珠到了王家，老夫妻俩爱之如同亲生。从此爱珠长年住在姨父姨母家里，只是逢年过节回到自己家里过这么一天两天；直到她十四岁，外祖父才接她回去。那时候，她跟老秀才学会了读、写、算，还念过不少古书；她跟姨母学会做菜、缝纫；那时，一般有钱人家的女儿都学绣花，却不学裁衣，但姨母是讲究实用的人，她不教绣花却教了裁衣，因此，爱珠不但能缝制单、夹衣裤，还能缝制皮衣。

外祖父接女儿回家，是因为四年前外祖母又生了个孩子——这是最后一个，居然是男孩，外祖母实在高兴。可是也怪，这次是喜事引起了脑病，又是神经亢奋，整天忙于烧弄菜看送人，不理家务，幸而还没忘记给孩子喂奶。

外祖父把女儿接回来，要她管理家务。

这时候，外祖父的家并不简单。

学医的门生，五六人，都是秀才出身，年龄大者已过三十，较幼者也有二十多岁。都已学了两年或三年，现在都跟着外祖父学临床诊断开方。这几个门生都住在外祖父家靠街的楼房楼上，外祖父家管他们的伙食。因此，外祖父用了个男厨子，专管买菜烧菜。

此外，还有个女仆，专管厅房楼上楼下打扫和洗衣服。这个女仆时常和厨子吵架。

因为是名医，外地常来请出诊。交通工具是船。本来可以临时雇用民船，但出诊经常得三四天才回来，雇船不如自备船方便，因此，外祖父就买了条船，船工是一对夫妻带个小孩，他们的伙食也要管。本地一个绅士因为请外祖父给他夫人医好了众医为之束手的疑难病症，除上匾外，又送了一顶二人轿。当时略有名望的医生在本地出诊都坐轿子，"何况你陈老先生"——这个绅士不由分说，硬要外祖父收下他的礼物。这样，外祖父又不得不雇两个轿夫。轿夫二人的伙食也得管。

等着女儿管理的，就是这样一个家。她不用下厨房，也不用洒扫庭除，也不必动针线，但是她得管这么一堆人。

大姨父王老秀才虽然知道他亲手教出来的这个十四岁的姑娘读书识字，能写会算，他常常对人说："朝廷如开女科，我这姨甥女准能考取秀才。"然而，他没有把握，她能不能管这个家。但是大姨母却对外祖父说："能！我担保！"

可是爱珠似乎还嫌人手不够，要求父亲再雇一个年轻女仆专管她的四岁的小弟弟。外祖父慨然允诺。爱珠从七八个应召而来的妇女中挑选了一个面目俊俏、手脚利落、二十五六岁、生过孩子的少妇，她是大姨母介绍来的，姓芮，是大姨母家的远亲。可是这芮姑娘有个三岁的女孩，放在家里没人管，得带来，爱珠也应许了。

于是爱珠就管起家来。小弟弟早已断奶，正在牙牙学语；关于给他喂饭、穿衣、夜间陪着睡觉等等一切事都从外祖母手里转到芮姑娘手里。

一个多月后，外祖母的脑病忽然消失了。当她不再烹调菜肴送人的时候，人家还以为她是怕她自己的女儿，因为这个十四岁的姑娘治家十分严厉，厨子和打杂的女仆不敢再吵架了；后来才知道外祖母的脑病果然没有了。外祖母对来探望的亲姐姐说："现在，我真能够享几天清福了。想不到爱珠比我还能干。"

爱珠的能干，首先是几个学医的门生感觉到：他们的伙食改善了。其次是外祖父自己感觉到：这个家仍是那么多的人，却秩序井然，内外肃静，吵架、调笑的声音都没有了。

不久，镇上的富户和绅士人家都知道名医陈我如老先生的小姐不但知书识礼，而且善于治家。而且陈老先生只有这个姑娘。媒人们纷纷来陈家说亲了。但是都失望了，空手而回。外祖父择婿，非常严格。这样闹了几个月，镇上一些做媒的人都不愿意再到陈家碰运气了。直到爱珠过了十六岁整寿以后，老绅士卢小菊（举人，又是本镇立志书院的山长）才来看望陈老先生，为沈家说亲。不料老绅士刚说出沈家那个秀才的名字，陈老先生便一口答应："我知道他们家，也见过这个秀才。可是我这女儿给我管家，我一时离不了她。可以先聘定，两年后再出嫁。"

那时候，有钱人家的姑娘，十六七岁就出嫁了。但是卢老先生却自作主张，说："就是这样吧。我代沈家答应下来。请把小姐的八字给我带去。"

陈老先生不相信卜吉这一套，笑道："老伯来说媒，就是大吉。要什么八字? 后天我设宴谢媒，务请光降。"

这样爽利地定了亲，连卜吉这道手续都没做，沈家传为佳话。我童年时还听我的祖母津津有味说过不止一遍。

母亲的记忆

/ 孙犁

母亲生了七个孩子，只养活了我一个。一年，农村闹瘟疫，一个月里，她死了三个孩子。爷爷对母亲说：

"心里想不开，人就会疯了。你出去和人们斗斗纸牌吧！"

后来，母亲就养成了春冬两闲和妇女们斗牌的习惯；并且常对家里人说：

"这是你爷爷吩咐下来的，你们不要管我。"

麦秋两季，母亲为地里的庄稼，像疯了似的劳动。她每天一听见鸡叫就到地里去，帮着收割、打场。每天很晚才回到家里来。她的身上都是土，头发上是柴草。蓝布衣裤，汗湿得泛起一层白碱，她总是撩起褂子的大襟，抹去脸上的汗水。她的口号是："争秋夺麦！""养兵千日，用兵一时！"一家人谁也别想偷懒。

我生下来，就没有奶吃。母亲把馍馍晾干了，再粉碎煮成糊喂我。我多病，每逢病了，夜间，母亲总是放一碗清水在窗台上，祷告过往的神灵。母亲对人说："我这个孩子，是不会孝顺的，因为他是我烧香还愿，从庙里求来的。"

家境小康以后，母亲对于村中的孤苦饥寒，尽力周济，对于过往的人，凡有求于她，无不热心相帮。有两个远村的尼姑，每年麦秋收成后，总到我们家化缘。母亲除给她们很多粮食外，还常留她们食宿。我记得有一个年轻的尼姑，长得眉清目秀。冬天住在我家，她怀揣一个蝈蝈葫芦，夜里叫得很好听，我很想要。第二天清早，母亲告诉她，小尼姑就把蝈蝈送给我了。

抗日战争时，村庄附近，敌人安上了炮楼。一年春天，我从远处回来，不敢到家里去，绕到村边的场院小屋里。母亲听说了，高兴得不知给孩子什么好。家里有一棵月季，父亲养了一春天，刚开了一朵大花，她折下就给我送去了。父亲很心痛，母亲笑着说："我说为什么这朵花，早也不开，晚也不开，今天忽然开了呢，因为我的儿子回来，它要先给我报个信儿！"

一九五六年，我在天津，得了大病，要到外地去疗养。那时母亲已经八十多岁，当我走出屋来，她站在廊子里，对我说：

"别人病了往家里走，你怎么病了往外走呢！"

这是我同母亲的永诀。我在外养病期间，母亲去世了，享年八十四岁。

寄小读者·通讯十

/ 冰心

亲爱的小朋友：

　　我常喜欢挨坐在母亲的旁边，挽住她的衣袖，央求她述说我幼年的事。

　　母亲凝想地，含笑地，低低地说：

　　"不过有三个月罢了，偏已是这般多病，听见端药杯的人的脚步声，已知道惊怕啼哭，许多人围在床前，乞怜的眼光，不望着别人，只向着我，似乎已经从人群里认识了你的母亲！"

　　这时眼泪已湿了我们两个人的眼角！

"你的弥月到了，穿着舅母送的水红绸子的衣服，戴着青缎沿边的大红帽子，抱出到厅堂前。因看你丰满红润的面庞，使我在姐妹妯娌群中，起了骄傲。"

"只有七个月。我们都在海舟上，我抱你站在栏旁；海波声中，你已会呼唤'妈妈'和'姐姐'。"

对于这件事，父亲和母亲还不时地起争论，父亲说世上没有七个月会说话的孩子，母亲坚持说有的。在我们家庭历史中，这事至今是件疑案。

"深睡之中猛然听得丐妇求乞的声音，以为母亲已被她们带去了。冷汗披面地惊坐起来，脸和唇都青了，呜咽不能成声。我从后屋连忙进来，珍重地揽住，经过了无数的解释和安慰。自此后，便是睡着，我也不敢轻易地离开你的床前。"

这一节，我仿佛记得，我听时写时都重新起了呜咽！

"有一次你病得重极了，地上铺着席子，我抱着你在上面膝行。正是暑月，你父亲又不在家；你断断续续说的几句话，都不是三岁的孩子所能够说的。因着你奇异的智慧，增加了我无名的恐怖。我打电报给你父亲，说我身体和灵魂上都已不能再支持。忽然一阵大风雨，深忧的我，重病的你，和你疲乏的乳母，都沉沉地睡了一大觉。这一番风雨，把你又从死神的怀抱里，接了过来。"

我不信我智慧，我又信我智慧！母亲以智慧的眼光，看万物都是智慧的，何况她的唯一挚爱的女儿？

"头发又短，又没有一刻肯安静，早晨这左右两个小辫子，总是梳不起来，没有法子，父亲就来帮忙：'站好了，站好了，要照相了！'父亲拿着照相匣子，假作照着，又短又粗的两个小辫子，好容易天天这样地将就地编好了。"

我奇怪我竟不懂得向父亲索要我每天照的相片！

"陈妈的女儿宝姐，是你的好朋友。她来了，我就关你们两个人在屋里，我自己睡午觉，等我醒来，一切的玩具，小人小马，都当作船，漂浮在脸盆的水里，地上已是水汪汪的。"

宝姐是我一个神秘的朋友，我自始至终不记得，不认识她。然而从母亲口里，我深深地爱上了她。

"已经三岁了，或者快四岁了。父亲带你到他的兵舰上去，大家匆匆地替你换上衣服，你自己不知什么时候，把一支小木鹿，放在小靴子里。到船上只要父亲抱着，自己一步也不肯走，放到地上走时，只有一跛一跛的。大家奇怪了，脱下靴子，发现了小木鹿，父亲和他的许多朋友都笑了。——傻孩子！你怎么不会说？"

母亲笑了，我也伏在她的膝上羞愧地笑了。——回想起来，她的质问和我的羞愧，都是一点理由没有的。十几年前的事，提起当面的事说，真是无谓。然而那时我们中间弥漫了痴和爱！

"你最怕我凝神，我至今不知是什么缘故。每逢我凝望窗外，或是稍微地呆了一呆，你就过来呼唤我，摇撼我，说：'妈妈，你的眼睛怎么不动了？'我有时喜欢你来抱住我，便故意地凝神不动。"

我自己也不知道是什么缘故。也许母亲凝神，多是忧愁的时候，我要搅乱她的思路，也未可知。——无论如何，这是个隐谜！

"然而你自己却也喜欢凝神；天天吃着饭，呆呆地望着壁上的字画，桌上的钟和花瓶，一碗饭数米粒似的，吃了好几点钟。我急了，便把一切都挪移开。"

这件事我记得，而且很清楚，因为独坐沉思的脾气至今不改。

当她说这些事的时候，我总是脸上堆着笑，眼里满了泪，听完了用她的衣袖来印我的眼角，静静地伏在她的膝上。这时宇宙已经没有了，只有母亲和我，最后我也没有了，只有母亲；因为我本是她的一部分！

这是如何可惊喜的事，从母亲口中，逐渐地发现了，完成了我自己！她从最初已知道我，认识我，喜爱我，在我不知道不承认世界上有个我的时候，她已爱了我了。我从三岁上，才慢慢地在宇宙中寻到了自己，爱了自己，认识了自己；然而我所知道的自己，不过是母亲意念中的百分之一，千分之一。

小朋友！当你寻见了世界上有一个人，认识你，知道你，爱你，都千百倍地胜过你自己的时候，你怎么不感激，不流泪，不死心塌地地爱她，而且死心塌地地容她爱你？

有一次，幼小的我，忽然走到母亲面前，仰着脸问："妈妈，你到底为什么爱我？"母亲放下针线，用她的面颊，抵住我的前额，温柔地，不迟疑地说："不为什么——只因你是我的女儿！"

小朋友！我不信世界上还有人能说这句话！"不为什么"

这四个字，从她口里说出来，何等刚决，何等无回旋！她爱我，不是因为我是"冰心"，或是其他人世间的一切虚伪的称呼和名字！她的爱是不附带任何条件的，唯一的理由，就是我是她的女儿。总之，她的爱，是屏除一切，拂拭一切，层层地挥开我前后左右所蒙罩的，使我成为"今我"的元素，而直接地来爱我的自身。

假使我走至幕后，将我二十年的历史和一切都更变了，再走到她面前，世界上都没有一个人认识我，只要我仍是她的女儿，她就仍用她坚强无尽的爱来包围我。她爱我的肉体，她爱我的灵魂，她爱我前后左右，过去，将来，现在的一切！

天上的星辰，骤雨般落在大海上，嗤嗤繁响。海波如山一般地汹涌，一切楼屋都在地上旋转，天如同一张蓝纸卷了起来。树叶子满空飞舞，鸟儿归巢，走兽躲到它的洞穴。万象纷乱中，只要我能寻到她，投到她的怀里……天地一切都信她！她对于我的爱，不因为万物毁灭而更变！

她的爱不但包围我，而且普遍地包围着一切爱我的人；而且因为爱我，她也爱了天下的儿女，她更爱了天下的母亲。小朋友！告诉你一句小孩子以为是极浅显，而大人们以为是极高深的话："世界便是这样地建造起来的！"

世界上没有两种事物是完全相同的，同在你头上的两根丝发也不能一般长短。然而——请小朋友们和我同声赞美！只有普天下的母亲的爱，或隐或显，或出或没，不论你用斗量，用尺量，或是用心灵的度量衡来推测；我的母亲对于我，你的母亲对于你，她的和他的母亲对于她和他；她们的爱是一般的长阔高深，分毫都不差减。小朋友！我敢说，也敢信古往今来，没有一个敢来驳我这句话。当我发觉了这神圣的秘密的时候，我竟欢喜感动得伏案痛哭！

我的心潮，沸涌到最高度，我知道于我的病体是不相宜的，而且我更知道我所写的都不出乎你们的智慧范围之外。——窗外正是下着紧一阵慢一阵的秋雨，玫瑰花的香气，也正无声地赞美它们的"自然母亲"的爱！

我现在不在母亲身畔——但我知道她的爱没有一刻离开我，她自己也如此说！——暂时无从再打听关于我的幼年的消息；然而我会写信给我的母亲。我说："亲爱的母亲，请你将我所不知道的关于我的事，随时记下，寄来给我。我现在正是考古家一般的，要从深知我的你口中，研究我神秘的自己。"

被上帝祝福的小朋友！你们正在母亲的怀里。——小朋友！我教给你，你看完了这一封信，放上报纸，就快快跑去找你的母亲——若是她出去了，就去坐在门槛上，静静地等她回来——不论在屋里或是院中，把她寻见了，你便上去攀住她，左右亲她的脸，你说："母亲！若是你有工夫，请你将我小时候的事情，说给我听！"等她坐下了，你便坐在她的膝上，倚在她的胸前，你听得见她心脉和缓地跳动，你仰着脸，会有无数关于你的，你所不知道的美妙的故事，从她口里天乐一般地唱出来！

然后——小朋友！我愿你告诉我，她对你所说的都是什么事。

我现在正病着，没有母亲坐在旁边，小朋友一定怜念我，然而我有说不尽的感谢！造物者将我交付给我母亲的时候，竟赋予了我以记忆的心才；现在又从忙碌的课程中替我匀出七日夜来，回想母亲的爱。我病中光阴，因着这回想，寸寸都是甜蜜的。

小朋友，再谈吧，致我的爱与你们的母亲。

你的朋友 冰心

十二，五晨，一九二三，圣卜生疗养院，威尔斯利

我的曾祖母、祖母与母亲①

/ 林海音

我的曾祖母

一年前的冬日，我陪摄影家谢春德到头份去。他是为了完成《作家之旅》一书，来拍摄我的家乡。先去西河堂林家祖祠拍了一阵，便来到三婶家，那是我幼年三岁至五岁居住过的地方。

春德拍得兴起，婶母的老木床，院中的枯井，墙角的老瓮，厨房里的空瓶旧罐，都是他的拍摄对象，最后听说那座摇摇欲坠的木楼梯上面，是我们家庭供祖宗牌位的地方，他要上

去，我们也就跟上去了。虽是个破旧的地方，但是整齐清洁地摆设着观音像、佛像、长明灯、鲜花、香炉等等，墙上挂着我曾祖母、祖父母的画像和照片，以及这些年又不幸故去的三婶的儿子、媳妇和孙辈的照片。看见曾祖母的那张精致的大画像，祖丽问我说："妈，那不就是你写过的，自己宰小狗吃的曾祖母吗？"

这样一问，大家都惊奇地望着我。就是连我的晚辈家族，也不太知道这回事。

如果我说，我的曾祖母嗜食狗肉，她在八十多岁时，还自己下手宰小狗吃，你一定会吃惊地问我，我的祖先是来自哪一个野蛮的省？我最初听说，何尝不吃惊呢！其实"狗是人类的好朋友"的说法，是很"现代"而"西方"的。我听我母亲说过，祖父生前有一年从广东蕉岭拜祭林氏祖祠归来，对正在"坐月子"的儿媳妇说："你们是有福气的哟！一天一只麻油酒煮鸡，老家的乡下，是多么贫困，哪有鸡吃，不过是用猪油煮狗酒罢了！"

你听听！祖父说这话的口气，是不是认为人类对待动物的道德衡量，宰一条小狗跟杀一只鸡，并没有什么分别？甚至在那穷乡僻壤，吃鸡比吃狗还要奢侈呢！

　　自我懂事以来，已经听了很多次关于曾祖母宰小狗吃的故事。不过，随着年龄的增长，对于曾祖母宰小狗这回事，每一次都有更多的认识、了解和同情。

　　说这老故事最多的就是三婶和母亲。三婶还健康的时候，每次到台北，都会来和母亲闲谈家中老事。老妯娌俩虽然各使用彼此相通的母语——一客家、一闽南——又说、又笑、又感叹地说将起来，我在一旁听着，也不时插入问题，非常有趣。她们谈起我曾祖母——我叫她"阿太"——亲手宰烹小狗吃的故事，都还不由得龇牙咧嘴，一副不寒而栗的样子：就好像那是刚刚发生的事情，就好像我阿太还在后院的沟边蹲着，就好像还听得见那小狗在木桶里被开水浇得吱吱叫的刺耳声，使得她们都堵起耳朵、闭上眼睛跑开，就好像她们是多么不忍见阿太的残忍行为！

　　但是，我的曾祖母，并不是一个残忍的女人，她是一个最寂寞的女人。

　　我的曾祖父仕仲公，是前清的贡生。在九个兄弟中，他是出类拔萃的老五。为了好养活，他有个女性化的名字"阿五妹"，所以当时人都尊称他一声"阿五妹伯"。我的曾祖母钟氏，十四岁就来到林家做童养媳，然后"送作堆"嫁给我的曾祖父。但不幸她是个生理有缺陷的女人，一生无月信，不能生育，终生无所出。那么，"阿五妹"爱上了另一个美丽的女孩子罗氏，就是一件很自然的事情了。那个女孩子是人家的独生女儿，做父母的怎肯把独生女儿给"阿五妹"做妾呢？因为我的曾祖父当时有声望、有地位，又开着大染布坊，他们又是自己恋爱的，再加上我阿太的不能生育，美丽的独生女儿，就做了我曾祖父的妾了。妾，果然很快地为"阿五妹伯"生了个大儿子，那就是我的亲祖父阿台先生。

我想，我的曾祖母的寂寞，该是从她失欢的岁月开始的。

阿台先生虽然是一脉单传，却也一枝独秀，果实累累，我的祖母徐氏爱妹，一口气儿生了五男五女，这样一来，造成了林家繁枝覆叶的大家庭。那时候，曾祖父死了，美丽的妾不久也追随地下。阿台先生虽然只是个秀才，没有得到科举时代的任何名堂，但他才学高，后来又做了头份的区长（现在的镇长），事实上比他的父亲更有声望和地位。但是就在林家盛极一时的时候，我的曾祖母，竟带着她自己领养的童养媳，离开了这一大家人，住到山里去了。

并不是我的祖父没有尽到人子的责任，我的祖父是孝子，即使阿太不是他的亲母，他也不废晨昏定省之礼。或许这大家庭使阿太产生了"虽有满堂儿孙，谁是亲生骨肉"的寂寞吧，她宁可远远地离开，去山上创一个属于她自己的天地。

在那种年代、那种环境、那种地位下，无论如何，阿台先生都有把母亲接回来奉养的必要，但是几次都被阿太拒绝了。请问，荣华和富贵，难道抵不过在山间那弯清冷的月光下打柴埋锅造饭的寒酸日子吗？请在我的曾祖母的身上找答案吧！

终于，在我曾祖母八十岁那年，寒冬腊月，一乘轿子，把她老人家从山窝里抬回来了。听说她的整寿生日很热闹，在那乡庄村镇，一次筵开二三百桌，即使是身为区长、受人崇敬的阿台先生家办事，也不是一件顶容易的事吧！而且，祖父还请画师给她画了这么一张像：头戴凤冠，身穿镶着兔皮边的补褂。外褂子上画的那块补子，竟是"鹤补"，一品夫人哪！我向无所不知的老盖仙夏元瑜兄打听，他说画像全这么画，总不能画一个乡下老太婆，要画就画高一点儿的。我笑说，那也画得高太多啦！

据我的母亲和三婶说，阿太很健康，虽然牙齿全没了，佝偻着腰，也不挂拐杖，出出进进总是一袭蓝衣黑裤。她不太理会家里的人，吃过饭，就举着旱烟管到邻家去闲坐，平日连衣服都自己洗，就知道她是个多么孤独和倔强的人了。

大家庭是几房孙媳妇妯娌轮流烧饭，她们都会为没有牙齿的阿太煮了特别烂的饭菜。当她的独份饭菜烧好摆在桌上时，跟着一声高喊："阿太，来吃饭啊！"她便伛偻着腰，来到饭桌前了。我的母亲对这有很深的印象，她说当阿太独自端起了饭碗，筷子还没举起来，就先听见她幽幽的一声无奈的长叹！阿太难道还有什么不满足吗？

现在说到狗肉。

三婶最会炖狗腿，她说要用枸杞、柑皮、当归、番薯等与狗腿同煮，才可以去腥膻之气，但却忌用葱。狗肉则用麻油先炒了用酒配料煮食，风味绝佳。三婶虽是狗肉烹调家，却从不吃狗肉，她是做子媳的，该做这些事就是了。不但三婶不吃狗肉，在这大家庭里，吃狗肉的人数也不多，三婶曾笑指着我的鼻子告诉我说：

"家里虽然说吃狗肉的人数不算多，可也四代同堂呢！你阿太，你阿公，你阿姑，还有你！"

秋来正是吃狗肉进补的时候。其实，从旧历七月以后，家里就不断地收到亲友送来的羊头、羊腿、狗腿这种种的补品了。因为乡人都知道阿台先生嗜此，岂知他的老母、女儿、四岁的小孙女，也是同好呢！

不是和自己亲生儿子在一起，我想唯有吃狗肉的时候，阿太才能得到一点点快乐吧？因为这时所有怕狗肉的家人，都远远地躲开了！

据说有一年，有人送来一窝小肥狗给阿台先生。这回是活玩意儿，三婶再也没有勇气像杀母鸡一样地去宰这一窝小活狗了。阿太看看，没有人为她做这件事，便自己下手了，这就是我的曾祖母著名的自己下手宰狗吃的"残忍"的故事了。

记得有一次我又听母亲和三婶谈这件事的时候，不知哪儿来的一股不平之鸣，我说："如果照我祖父说的，煮鸡酒和煮狗酒没有什么两样的话，那么阿太宰一只狗和你们杀一只鸡也没有什么两样的呀！"

阿太高寿，她是在八十七八岁上故去的，我看见她，是在三岁到五岁的时候，直接的记忆等于零。但是，如果她地下有知的话，会觉得在一个甲子后的人间，竟获得她的一个曾孙女的了解和同情，并且形诸笔墨，该是不寂寞啊！

我的祖母

我的祖母徐氏爱妹的放大照片，就挂在曾祖母画像的旁边墙上。这张虽是老太太的照片，但也可以看出她的风韵，年轻时必定是个美人儿，她是凤眼形，薄薄的唇，直挺的鼻梁。她在照片上的这件衣着，虽是客家妇女的样式，但是和今日年轻女人穿的改良旗袍的领、襟都像呢！

我的祖父林台先生，号云阁，谱名鼎泉，他是林家九德公派下的九世孙。前面说过，他科举时代没有什么名堂，却是打二十一岁起就执教鞭，一九一六年到一九二〇年，出任头份第三任区长，在淳朴的客家小镇上，是位令人尊敬的长者。在中港溪流域，是以文名享盛誉。他能诗文，擅拟对联，老年间的许多寿序、联匾，很多出于祖父之笔。我的祖母为林家生了五男五女，除了夭折一男一女外，其余都成家立业，所以在祖父享盛誉的时候，祖母自然也风光了半辈子。

我对祖母知道得并不多，年前玉美姑母到台北来，我笑对也已年近八十的玉美姑说："我要问你一些你母亲的事，你可得跟我说实话。"因为我常听婶母及母亲说，祖母很厉害，她把四个儿媳妇控制得严严的，但她自己却也是个勤俭干净利落的人。听说，我的曾祖母所以很孤独地到山上去过日子，也和这个儿媳妇有些关系，因为当年的祖母，妻以夫贵，不免有时露出骄傲的神色来吧！而且我听三婶说，她的女儿秀凤自幼送人，也是婆婆的主意。我问玉美姑姑，玉美姑姑很技巧地回答说："你三婶身体不好嘛！带不了孩子，所以做主张把秀凤送人好了。"其实我又听说，是祖母希望三婶生儿子，所以叫她把女儿送人的。我又问姑姑说："听说祖母很厉害。"姑姑说："她很能干。""能干"和"厉害"有怎样的差别和程度，是怎么说都可以的。

但是在我的记忆中，祖母却是可爱的，幼年在家乡的记忆没有了，却记得在北平时，我还在小学三年级的样子，祖父、祖母到北平来了。那时父亲、四叔——祖父的最大和最小的儿子都全家在北平，从遥远的台湾到"皇帝殿脚下"的北平来探亲和游历，又是日据时代，是一件不简单的事，我想那是祖母最最风光的时期了。他们返回台湾不久，四叔就因抗日在大连被日本人毒死狱中。四叔本是祖母最疼爱的儿子，四婶也因是自幼带的童养媳，所以也特别疼。过两年，祖父独自到北平来，父亲已经因四叔的死，自己也吐血肺疾发。记得祖父住在西交民巷的南屋里，我常听他的咳声，他似乎很寂寞地在看着《随园诗话》，上面都是他随手所记的批注。等到祖父回台湾，过不久，父亲也故去了。

这时祖父的四个儿子，先他而去了三个，祖父于一九三四年七十二岁时去世，死时只有一个三叔执幡送终。祖父死后的年月，不要说风光的日子没有了，祖母又遭遇到最后一个儿子三叔也病故的打击，至此满堂寡妇孤儿，是林家最不幸的时期。真是"屋漏偏逢连夜雨"，一九三六年时，台湾地震，最严重的就是竹南、头份一带。我们这一辈，最大的是堂兄阿烈，他又偏在南京工作，看报不知有多着急，那时家屋倒塌，大家都在地上搭棚住，七十多岁的祖母也一样。后来阿烈哥返台，在一群孤儿寡妇中，他不得不挑起这大家族的许多责任。

阿烈哥说，幸好他考取了当时的放送局，薪水两倍于一般薪水阶级，负起奉养祖母的担子。他也曾把祖母接来台北居住就医过，可是她还是在八十岁上、在祖父死后十年中风去世了。她死时更不如祖父，四个儿子都已先她而去，送终的只好是承重孙阿烈哥了。

而我们那时在北平，也是寡妇和孤儿，又和家乡断绝音信多年，详细的情形都不知道。只是祖母在我的印象中却是和蔼的、美丽的。

我的母亲

我的母亲是板桥镇上一个美丽、乖巧的女孩，她十五岁上就嫁给比她大了十五岁的父亲，那是因为父亲在新埔、头份教过小学以后，有人邀他到板桥林本源做事，所以娶了我的母亲。

母亲是典型的中国三从四德的女性，她识字不多，但美丽且极聪明，脾气好，开朗，热心，与人无争，不抱怨，勤勉，整洁。这好像是我自己吹嘘母亲是说不尽的好女人。其实亲友中，也都会这样赞美她。

母亲嫁给父亲不久，父亲就带着母亲和母亲肚中的我到日本去，在大阪城生下了我。父亲是个典型的大男人，据说在日本到酒馆林立的街坊，从黑夜饮到天明，一夜之间，喝遍一条街，够任性的了。但是他却有更多优点，他负责任地工作，努力求生存，热心助人，不吝金钱。我们每一个孩子，他管得虽严，却都疼爱。

在大阪的日子，母亲也津津乐道。她说当年她是个足不出户的异国少妇（在别人只是个十几岁的少女），偶然上街，也不过是随着背伏着小女婴的下女出去走走。像春天，傍着淀川，造币局一带，樱花盛开了，风景很美。母亲说，我们出门逛街，还得忍受身后边淘气的日本小鬼偶然喊过来的"清国奴"这样侮辱中国人的口号，因为母亲穿的是中国服装。

后来父亲要远离日本人占据的台湾，到北平去打天下，便先把母亲和三岁的我送回台湾。在客家村和板桥两地住了两年，才到北平去的。母亲以一个闽南语系的女人嫁给客家人，在当时是罕见的。母亲缠过足，个子又小，而客家女性大脚，劳动起来是有力有劲的。但是娇小的母亲在客家大家庭里仍能应付得很好，那是因为母亲乖，不多讲话。她说妯娌们轮流烧饭，她一样轮班，小小的个子，在乡间的大灶间，烧柴、举炊，她都得站在一个矮凳上才够得到，但她从不说苦。不说苦，也是女性的一种德行吧，我从未见母亲喊过苦，这样的德行在潜移默化中，也给了我们姐弟做人的道理。像我，脾气虽然急躁，却极能耐苦，这一半是客家人的本性，一半也是得自母亲。

父亲去世前在北平的日子，是最幸福的，但自父亲去世（母亲才二十九岁），一直到我成年，我们从来都没有太感觉做孤儿的悲哀，而是因为母亲，她事事依从我们，从不摆出一副苦相，真是所谓"在家从父，出嫁从夫，夫死从子"了。

我的母亲常说这样两句台湾谚语，她说："一斤肉不值四两葱，一斤儿不值四两夫。"意思是说，一斤肉的功用抵不过四两葱，一斤儿子抵不过四两丈夫。用有实质的重量来比喻人伦，实在是很有趣的象征手法。我母亲也常说另一句谚语："食夫香香，食子淡淡。"这是说，妻子吃丈夫赚来的，是天经地义，没有话说，所以吃得香；等到有一天要靠子女养活时，那味道到底淡些。这些话表现出我的母亲对一个男人——丈夫的爱情之深、之专。

现在已婚妇女，凑在一起总是要怨丈夫，我的母亲从来没有过。甚至于我们一起回忆父亲时，我如果说了父亲这样好那样好，母亲很高兴地加入说。如果我们忽想起爸爸有些不好的地方，母亲就一声也不言语，她不好驳我们，却也不愿随着孩子回忆她的丈夫的缺点。

我的母亲十五岁结婚，二十九岁守寡，前年八十一岁去世。在讣闻里，我们细数了她的直系子、孙、媳婿等四代四十多人，没有太保太妹，没有吃喝嫖赌不良嗜好的。母亲虽早年守寡，却有晚年之福。

在这妇女节日，写三位旧时女子——我的曾祖母、祖母、母亲，无他，只是想借此写一点中国女性生活的一面和她们不同的身世。但有一点是相同的，无论她们曾受了多少苦，享了多少福，都是活到八十岁以上的长寿者。

母亲的秘密

/ 林海音

忽然使我摊开稿纸的动机，是由于隔壁新搬来的一对新婚夫妇而触发的。

一个月前，他们结婚了。脱下结婚礼服，紧跟着便是双双南下，做一次甜蜜的新婚旅行。从日月潭回来后，行装甫卸，女的单独出去了，黄昏归来，她的身旁多了两名小女孩。至此，我才知道，他是初婚，她是再嫁。

我们的国度虽然允许女人再嫁，但对于这样的家庭组织，仍不免要投以新奇的眼光。邻居都在注意这一家四口的生活方式，他们的每一动态都足以使邻居们交头接耳，细加分析。难道说大家不愿意这家人生活得更幸福，而非要幸灾乐祸地看些热闹吗？但事实确是如此。不愉快的事情渐渐发生了，木屋短墙，总是逃不过人们的耳目。

大概说来，是因为女的过分爱护前夫的儿女，而男的却不习惯于新婚的家庭中多了两个小人物。

旁观者的观点不同：有人说男的气量小，有人说女的自寻苦恼，也有人心疼孩儿无辜。我静听各人的理论，不知应当投向哪方，但在无言的静默中，我却想起了母亲……

父亲因急病死于逆旅，母亲在二十八岁上便做了寡妇。当母亲赶去青岛办了丧事回来后，外祖母也从天津赶了来，她见了母亲第一句话便说：

"收拾收拾，带了孩子回天津家里去住吧！"

母亲虽然痛哭着扑向外祖母的怀里，却一边摇着头说：

"不，我们就这么过着，只当他还没有回来一样的吧！"

原来父亲是一年前离家到青岛谋事的。他在青岛住了一年，认为那里的环境还不错，便有久居之意，决定接母亲、弟弟和我前去，而母亲也决定辞去图书馆的职务。便在这时，传来父亲突死的坏消息。

母亲既然决定带我和弟弟留在北平，外祖母也只好失望地回了天津，但她也欣慰有这么一个能将理智克服感情的女儿——我的母亲，她仿佛是从一阵狂风中回来，风住了，拍拍身上的尘土。我们的生活，很快地，在她的节哀之下，恢复了正常。我能捉住一些回忆，因为当时我已经九岁了。

我们很习惯于那种生活，并没有感觉到家庭中失去了一个重要的人。

白天，我们的家交给老王妈；下午我和弟弟先从学校回来，洗手，吃点心，坐在门口等妈妈。在黄昏的朦胧中，母亲转进了胡同，看见我们，一扬手，一斜头，我们立刻从小凳子上跳起来，迎着母亲跑去。在她的手中，总少不了有一包糖，或者一本画册。

晚上的灯下，我们并没有因为失去父亲而感到寂寞或空虚，因为这样的日子，在父亲到青岛以后，我们已经过了一年多。

母亲没有变，碰到弟弟顽皮时，她还是那么斜起头，鼓着嘴，装着生气的样子对弟弟说："要是你爸爸在，一定会打手心的！"就像以前她常说的"要是你爸爸回来，一定会打手心"时一模一样。

因此，在那平静的生活里我的小心灵中，一直存着一个模模糊糊的感觉：爸爸是到远方去了，他不久会回来。这种感觉是可敬爱的母亲所造成的，她从没有表现出一副可怜的寡妇相，她灌注于我们心头的，是一个完整而安全的生活，没有因失去其中的一环而显得无法衔接。

当然，长夜漫漫，我又怎能知道母亲不会在寂寞中感于身世的悲凉而饮泣呢！

就这样，三年过去了，像是没有梦的安睡，极平静，极愉快。

三年后的一个春天，我们家里来了一个客人，普普通通，像其他的客人一样。母亲客气地、亲切地招待着他，这是母亲一向的性格，这种性格也是因为往日父亲好客所影响的。更何况这位被我们称为"韩叔"的客人，本是父亲大学时代的同学，又是母亲中学时代的学长。有了这两重关系，韩叔跟我们也确比别的客人更熟悉些。

他是从远方回来的，得悉父亲故去的消息，特赶来探望我们。不久，他调职北平，我们有更多的交往。这种坦白的交往，也像其他被我们称作叔叔、姑姑们一样。

韩叔还是个独身的男子，但是却从来没使我们联想到他和我们在友谊以外的事。也许我太小，头脑简单到还不配联想到其他？不过，这时我正准备投考中学，《红楼梦》也已经读得通了，我并不算"太小"。是由于一次偶然的发现，给了我一些极深的影响。

夏夜燥热，我被钻进蚊帐的蚊虫所袭扰，醒来了。这时我听见了什么声音，揉开睡眼，隔着纱帐向外看去，我被那暗黄灯下的两个人影吓愣住了，我屏息着。

我看见是母亲在抽泣，弯过手臂来搂着母亲的是——韩叔！母亲在抑制不住的哭声中，断续地说着：

"不，我有孩子，我不愿再……"

"是怕我待孩子不好吗？"是韩叔的声音。

过了一会儿，母亲停止了哭声，她从韩叔的臂弯里躲出来：

"不，我想过许久了，你还是另外……"这次，母亲的话中没有哭声。

被这一幕偶然的发现所惊吓，我说不出当时的心情是怎样：是恐惧？是厌恶？是忧伤？都有的。这是从来没有过的情绪，它使我久久不眠，我在孩提时代，第一次尝到失眠的痛苦。

我轻轻地转身向着墙，在恐惧、厌恶、忧伤的情绪交织下，静听母亲把韩叔送走，回来，脱衣、熄灯、上床、饮泣。最后我也在枕上留下一片潮湿，才不安地进入梦乡。

第二天早上我醒来时，看见对面床上的母亲，竟意外地迟迟未起，她脸向里对我说：

"小荷，妈妈头疼，你从抽屉里拿钱带弟弟去买烧饼吃吧！"

我没有回答，在昨夜的那些复杂的心情上，仿佛又加了一层莫名的愤怒。

我记得那一整天上课我都没有注意听讲，昨夜的一幕一直在我脑中盘旋，我似乎懂得些什么了，又似乎不懂。我仔细研究母亲昨夜的话，先是觉得很安心，过后又被一阵恐惧所骚扰，我怕的是母亲有被韩叔夺去的危险。我虽知道韩叔是好人，可是仍有一种除了父亲以外，不应当有人闯进我们的生活的感觉。——我在为死去的父亲嫉妒！无论如何，我还是不能原谅母亲，好像她做了什么坏事，好像她是一个丢弃小孩的罪人。

放学回家，我第一眼注意的是母亲的神情，她如往日一样照管我们，这使我的愤怒稍减。我虽未怒形于色，但心里却不断地在转变，忽喜、忽怒、忽忧、忽慰，如一锅滚开的水，冒着无数的水泡。当日的心情是如此可怜可笑！

母亲和韩叔的事情，好像随时都有爆发的可能，这件心事常使我夜半在恶梦中惊醒，在黑暗中，我害怕地颤声喊着："妈！"听她在深睡中梦呓般地答应，才使我放心了。我怕的是有一天夜半醒来，对面床上会不会失去了从没有离开过我的人！

其实，一切都是多虑的。我像鬼一样地，从母亲的行动、言语、神色中去搜寻可怕的证据，却从没有发现。就像从来没有发生过什么事情，母亲是如此宁静！

一直到两个月以后，韩叔离开北平，他是被调回上海去了。再过半年，传来一个喜讯，韩叔要结婚了！母亲把那张粉红色的喜帖拿给我看，并且问我："小荷，咱们送什么礼给韩叔呢？"

这时，一种久被箍紧的心一下子松弛了的愉快，和许久以来不原谅母亲的歉疚，两种突发的感觉糅在一起，我要哭了！我跑回房里，先抹去流下的泪水，然后拉开抽屉，拿出母亲给我们储蓄的银行存折，送到母亲的面前，我大声地笑——笑得失态了，但是我实在禁不住情感的迸发，我的笑，并不全代表快乐，和那夜的意思一样，是顶复杂的。

母亲对于我的举动莫名其妙，她接过存折，用怀疑的眼光看我，我快乐地说："妈，把存折上的钱，全部取出来给韩叔买礼物吧！"

"傻孩子！"母亲也大笑，她的柔软的手，捏捏我的嘴巴。她不会了解她的女儿啊！

这是十五年前的往事了，从那时以后，我们一直依赖着母亲过活，很平淡，很宁静，也很安全地度过了这许多年。间或我们也听到一些关于韩叔的消息，我留神母亲的情态，她安详极了，那种无动于衷的平淡，就像听到不相干的朋友的消息一样。

我和弟弟能使母亲享受到承欢膝下的快乐，她的老朋友们都羡慕母亲有一对好儿女，母亲也乐于承认这一点。唯有我自己知道，我们能够在完整无缺的母爱中成长，是靠了母亲曾经牺牲过一些什么才得到的啊！如果有人说我们姐弟是孝顺的儿女，我应当说，我们的孝，实由于母亲的爱。

去年冬天，母亲以癌症不治，死于淡水之滨，当我们痛于人力挽不过天命时，母亲却很镇静，她靠在我的肩上，拉着弟弟的手说："不必多费人力了，有你们俩，我死而无憾！"她是安静地死在儿子的怀里。

一袭旧衣

/ 简媜

　　说不定是个初春，空气中回旋着丰饶的香气，但是有一种看不到的谨慎。站在窗口前，冷冽的气流扑面而过，直直贯穿堂廊，自前厅窗户出去；往左移一步，温度似乎变暖，早粥的虚烟与鱼干的盐巴味混杂成熏人的气流，其实早膳已经用过了，饭桌、板凳也擦拭干净，但是那口装粥的大铝锅仍在呼吸，吐露不为人知的烦恼。然后，蹑手蹑脚再往左移步，从珠帘缝隙散出一股浓香，女人的胭脂粉与花露水，哼着小曲似的，在空气中兀自舞动。母亲从衣橱提出两件同色衣服，搁在床上，我闻到樟脑丸的呛味，像一群关了很久的小鬼，纷纷出笼呵我的痒。

　　不准这个，不准那个，梳辫子好呢还是扎马尾？外婆家左边的，是二堂舅，瘦瘦的，你看到就要叫二舅；右边是大堂舅，比较胖；后边有三户，水井旁是大伯公，靠路边是……竹篱旁是……进阿祖的房内不可以乱拿东西吃；要是忘了人，你就说我是某某的女儿，借问怎么称呼你？

我不断复诵这一页口述地理与人物志，把族人的特征、称谓摆到正确位置，动也不动。多少年后，我想起五岁脑海中的这一页，才了解它像一本童话故事书般不切实际，妈妈忘了交代时间与空间的立体变化，譬如说，胖的大舅可能变瘦了，而瘦的二舅出海打鱼了。他们根本不会守规矩乖乖待在家里让我指认，他们围在大稻埕，而我只能看到衣服上倒数第二颗纽扣，或是他们手上抱着的幼儿的小屁股。

善缝纫的母亲有一件毛料大衣，长度过膝，黑底红花，好像半夜从地底冒出的新鲜小西红柿。现在，我穿着同色的小背心跟妈妈走路。她的大衣短至臀位，下半截变成我身上的背心。那串红色闪着宝石般光芒的项链圈着她的脖子，珍珠项链则在我项上，刚刚坐客运车时，我一直用指头捏它，滚它，妈妈说小心别扯断了，这是唯一的一串。

我们走的石子路有点怪异，老是听到遥远传来巨大吼声的回音，像一批妖魔鬼怪在半空中或地心层摔角。然而初春的田畴安分守己，有些插了秧，有的仍是汪汪水田。河沟淌水，一两声虫动，转头看岸草闲闲摇曳，没见着什么虫。妈妈与我沉默地走着，有时我会落后几步，捡几粒白色小石子；我蹲下来，抬头看穿毛料大衣的妈妈朝远处走去的背影，愈来愈远，好似忘了我，重新回到未婚时的女儿姿态。那一瞬间是惊惧的，她不认识我，我也不认识她。初春平原弥漫着神秘的香味，有助于恢复记忆，找到隶属，我终于出声喊了她，等我哟！她回头，似乎很惊讶居然没发觉我落后了那么远，接着所有的记忆回来了，每个结了婚的农村女人不需经过学习即能流利使用的那一套驭子语言，柔软的斥责，听起来很生气其实没有火气的（母语），那是一股强大的磁力，就算上百个儿童聚集在一起，那股磁力自然而然把她的孩子吸过去。我朝她跑，发现初春的天无边无际地蓝着，妈妈站在淡蓝色天空底下的样子令我记忆深刻，我后来一直想替这幅画面找一个题目，想了很久，才同意它应该叫作"平安"。

渴了，我说。哪，快到了，已经听到海浪了。原来巨大吼声的回音是海洋发出的。说不定刚刚她出神地走着，就是被海涛声吸引，重新忆起童年、少女时代在海边嬉游的情景。待我长大后，偶然从邻人口中得知母亲的娘家算是当地望族，人丁兴旺，田产广袤，而她却断然拒绝祖辈安排的婚事，用绝食的手法逼得家族同意，嫁到远村一户常常淹水的茅屋。

我知道后才扬弃少女时期的叛逆敌意，开始完完整整地尊敬她；下田耕种、烧灶煮饭的妈妈懂得爱情的，她沉默且平安，信仰着自己的爱情。我始终不明白，昔时纤柔的年轻女子从何处取得能量，胆敢与顽固的家族权威颉颃？后来忆起那条小路，穿毛料短大衣的母亲痴情地朝远方走去的背影，我似乎知道答案，她不是朝娘家聚落，她朝聚落背后辽阔的太平洋。我臆测那座海洋的能量，晓日与夕辉，雷雨与飓风，种种神秘不可解的自然力早已凝聚在母亲身上，随呼吸起伏，与血液同流。我渐渐理解在我手中这份创作本能来自母亲，她被大洋与平原孕育，然后孕育我。

据说当阿祖把一颗金柑仔糖塞进我的嘴巴后，我开始很亲切地与她聊天，并且慷慨地邀请她有空、不嫌弃的话到我家来坐坐。她故意考问这个初次见面的小曾孙，那么你家是哪一户啊？我告诉她，河流如何如何弯曲，小路如何如何分岔，田野如何如何棋布，最重要是门口上方有一条鱼。

鱼？母亲想了很久，忽然领悟，那是水泥做的香插，早晚两炷香谢天。

鱼的家徽，属于祖父与父亲的故事，他们的猝亡也跟鱼有关。感谢天，在完成诞生任务之后，才收回两条汉子的生命。

我终于心甘情愿地在自己的信仰里安顿下来，明白土地的圣诗与悲歌必须遗传下去，用口语或文字，耕种或撒网，以尊敬与感恩的情愫。幸福，来自给予，悲痛亦然。

母亲又从衣橱提出一件短大衣。大年初一，客厅里飘着一股浓郁的沉香味。台北公寓某一层楼，住着从乡下播迁而来的我们，神案上红烛跳逗，福橘与贡品摆得像太平盛世。年老的母亲拿着那件大衣，穿不下了，好的毛料，你在家穿也保暖的。黑色毛面闪着血泪斑斑的红点，三十年了，穿在身上很沉，却依旧暖。

我因此忆起古老的事，在海边某一条小路上发生的。

我从来不敢夸耀童年的幸福^①

/ 苏童

　　我从来不敢夸耀童年的幸福，事实上我的童年有点孤独，有点心事重重。我父母除了拥有四个孩子之外基本上一无所有。父亲在市里的一个机关上班，每天骑着一辆破旧的自行车来去匆匆；母亲在附近的水泥厂当工人，她年轻时曾经美丽的脸到了中年以后经常是浮肿着的，因为疲累过度，也因为身患多种疾病。多少年来父母亲靠八十多元钱的收入支撑一个六口之家，可以想象那样的生活多么艰辛。

　　我母亲现在已长眠于九泉之下，现在想起她拎着一只篮子去工厂上班的情景仍然历历在目。篮子里有饭盒和布纳鞋底，饭盒里有时装着家里吃剩的饭和蔬菜，有时却只有饭没有别

---

① 节选自散文《过去随谈》，苏童：《苏童散文》，杭州：浙江文艺出版社，二〇〇〇年十月。

的。而那些鞋底是预备给我们兄弟姐妹做棉鞋的。她心灵手巧却没有时间，必须利用工余休息时纳好所有的鞋底。

在漫长的童年时光里，我不记得童话、糖果、游戏和来自大人的过分的溺爱，我记得的是清苦，记得一盏十五瓦的暗淡的灯泡照耀着我们的家，潮湿的未浇水泥的砖地，简陋的散发着霉味的家具，四个孩子围坐在方桌前吃一锅白菜肉丝汤，两个姐姐把肉丝让给两个弟弟吃，但因为肉丝本来就很少，挑几筷子就没有了。

母亲有一次去酱油铺买盐掉了五元钱，整整一天她都在寻找那五元钱的下落。当她彻底绝望时我听见了她那伤心的哭声，我对母亲说：别哭了，等我长大了挣一百块钱给你。说这话的时候我大概只有七八岁，我显得早熟而机敏，它抚慰了母亲，但对于我们的生活却是无济于事的。

那时候最喜欢的事情是过年。过年可以放鞭炮、拿压岁钱、穿新衣服，可以吃花生、核桃、鱼、肉、鸡和许多平日吃不到的食物。我的父母和街上所有的居民一样，喜欢在春节前后让他们的孩子幸福和快乐几天。

当街上的鞭炮屑、糖纸和瓜子壳被最后打扫一空时，我们一年一度的快乐也随之飘散。上学、放学、作业、打玻璃弹子、拍烟壳——因为早熟或者不合群的性格，我很少参与街头孩子的这种游戏。我经常遭遇的是这种晦暗的难挨的黄昏，父母在家里高一声低一声地吵架，姐姐躲在门后啜泣，而我站在屋檐下望着长长的街道和匆匆而过的行人，心怀受伤后的怨恨：为什么左邻右舍都不吵架，为什么偏偏是我家常常吵个不休？

我从小生长的这条街道后来常常出现在我的小说作品中，当然已被虚构成"香椿树街"了。街上的人和事物常常被收录在我的笔下，只是因为童年的记忆非常遥远却又非常清晰，从头拾起令我有一种别梦依稀的感觉。

我母亲一生中最忙碌的日子[①]

/ 苏童

母亲买不到猪头肉，她凌晨就提着篮子去肉铺排队，可是她买不到猪头肉。人们明明看见肉联厂的小货车运来了八只猪头，八只猪头都冒着新鲜生猪特有的热气，我母亲排在第六位。肉联厂的运输工把八只猪头两个两个拎进去的时候，她点着食指，数得很清楚，可是等肉铺的门打开了，我母亲却看见柜台上只放着四只小号的猪头，另外四只大的不见了。她和排在第五位的绍兴奶奶都有点紧张，绍兴奶奶说，怎么不见了？我母亲踮着脚向张云兰的脚下看，看见的是张云兰的紫红色的胶鞋。会不会在下面，我母亲说，一共八只呢，还有四只大的，让她藏起来了？柜台里的张云兰一定听见了我母亲的声

---

① 本文原名《白雪猪头》，选自苏童《骑兵》，上海：上海文艺出版社，二〇〇四年八月。

音，那只紫红色的胶鞋突然抬起来，把什么东西踢到更隐蔽的地方去了。

我母亲断定那是一只大猪头。

从绍兴奶奶那里开始猪头就售空了，绍兴奶奶用她慈祥的目光谴责着张云兰，这是没有用的。卖光了。张云兰说，猪头多紧张呀，绍兴奶奶你来晚了，早来一步就有你一只。

绍兴奶奶端详着张云兰，从对方的表情上看事情并没有回旋的余地，赔笑脸也是没有用的，绍兴奶奶便沉下脸来，眼睛向柜台里面瞄，她说，有我一只的，我看好了。你看好的？在哪儿呀？张云兰丰满的身体光明磊落地后退一步，绍兴奶奶花白的脑袋顺势越过油腻的柜面，向下面看，看见的仍然是张云兰的长筒胶鞋，紫红色闪烁着紫红色热烈而怠慢的光芒。绍兴奶奶，你这大把年纪，眼神还这么好？张云兰突然咯咯地笑起来，抬起胳膊用她的袖套擦了擦嘴角上的一个热疮，她说，你的眼睛会拐弯的？

柜台内外都有人跟着笑，人群的哄笑声显得干涩凌乱，倒不一定是对幽默的回应，主要是表明一种必要的立场。绍兴奶奶很窘，她指着张云兰的嘴角说，嘴上生疮啦！这么来一句也算是出了点气，绍兴奶奶走到割冷冻肉的老孙那里，割了四两肉，嘟嘟囔囔地挤出了肉铺。

我母亲却倔，她把手里的篮子扔在柜台上，人很严峻地站在张云兰面前。我数过的，一共来了八只。我母亲说，还有四只，还有四只拿出来！

四只什么？你让我拿四只什么出来？张云兰说。

四只猪头！拿出来，不像话！我告诉你，我看好的。

什么猪头不像话你看好的？你这个人说外国话的，我怎么听不懂？

拿出来，你不拿我自己过来拿了。我母亲以为正义在她一边，她看着张云兰负隅顽抗的样子，火气更大了，人就有点冲动，推推这人，拨拨那人，可是也不知是肉铺里人太多，或者干脆就是人家故意挡着我母亲的去路，她怎么也无法进入柜台里侧。她听见张云兰冷笑的声音，你算老几呀，自己进来拿，谁批准你进来了？

开始有人来拉我母亲的手，说，算了，大家都知道猪头紧张，睁一眼闭一眼算了，忍一忍，下次再买了，何必得罪了她呢？我母亲站在人堆里，白着脸说，他们肉铺不像话呀，这猪头难道比燕窝鱼翅还金贵，藏着掖着，排了好几次都买不到，都让他们自己带回家了！张云兰在柜台那一边说，猪头是不金贵，不金贵你偏偏盯着它，买不到还寻死觅活呢。说我们带回家了？你有证据？

我母亲急于去柜台里面搜寻证据，可是她突然发现从肉铺的店堂四周冒出了许多手和胳膊，也不知道都是谁的，它们有的礼貌，松软地拉住她，有的却很不礼貌了，铁钳似的将我母亲的胳膊一把钳住，好像防止她去行凶杀人。一些纷乱的男女混杂的声音此起彼伏地响起来，少数声音息事宁人，大多数声音却立场鲜明，表示他们站在张云兰的一边。这个女人太过分了，大家都买不到猪头，谁也没说什么，偏偏她就特殊，又吵又闹的！那些人的手拽着我母亲，眼睛都是看着张云兰的，他们的眼神明确地告诉她，云兰云兰，我们站在你的一边。

我母亲乱了方寸，她努力地甩开了那些树杈般讨厌的手，你们这些人，立场到哪里去了？她说，拍她的马屁，你们天天有猪头拿呀？拍马屁得来的猪头，吃了让你们拉肚子！我母亲这种态度明显是不明智的，打击面太广，言辞火暴流于尖刻，那些人纷纷离开了我母亲，愤愤地向她翻白眼，有的人则是冷笑着回头瞥她一眼，充满了歧视：这种女人，别跟她一般见识。只有见喜的母亲旗帜鲜明地站在我母亲身边，她向我母亲耳语了几句，竟然就让她冷静下来了。见喜的母亲说了些什么呢？她说，你不要较真的，张云兰记仇，得罪谁也不能得罪她，我跟你一样，有五个孩子，都是长身体的年龄，要吃肉的，家里这么多嘴要吃肉，怎么去得罪她呢？告诉你，我天天跟居委会吵，就是不敢跟张云兰吵。我母亲是让人说到了痛处，她黯然地站在肉铺里想起了我们家的铁锅，那只铁锅长年少沾油腻荤腥，极易生锈。她想起我们家的厨房油盐酱醋用得多么快，而黄酒瓶永远是满的，不做鱼肉，用什么黄酒呢？我母亲想起我们兄弟姐妹五人吃肉的馋相，我大哥仗着他是挣了工资的人，一大锅猪头肉他要吃去半锅，我二哥三哥比筷子，筷子快肚子便沾光，我姐姐倒是懂事的，男孩吃肉的时候她负责监督裁判，自己最多吃一两片猪耳朵，可是腾出她一个人的肚子是杯水车薪，没什么用处的。我二哥和三哥没肉吃的时候关系还算融洽，遇到红烧猪头肉上桌的日子，他们像一头狼遇到一头虎，吃着吃着就打起来。我母亲想起猪肉与儿女们的关系不在于一朝一夕，赌气赌不得，口气就有点软了。她对见喜的母亲说，我也不是存心跟她过不去，我答应孩子的，今天做肉给他们吃，现在好了，排到手里的猪头飞了，让我做什么给他们吃？见喜的母亲指了指老孙那里，说，买点冷冻肉算了嘛。我母亲转过头去，茫然地看着柜台上的冷冻肉。那肉不好，她说，又贵又不好吃，还没有油水！猪肉这么紧张，我母亲还挑剔，见喜的母亲也不知道说什么好了，她转过身去站到队伍里，趁我母亲不注意，也向她翻了个白眼。

肉铺里人越来越多了，我母亲孤立地站在人堆里，她篮子里的一棵白菜不知被谁撞到了地上，白菜差点绊了她自己的脚。我母亲后来弯着腰拍打着人家的一条条腿，嘴里嚷嚷着，让一让，让一让呀，我的白菜，我的白菜。我母亲好不容易把白菜捡了起来，篮子里的白菜让她看见了一条自尊的退路，不吃猪头肉也饿不死人的！她最后向柜台里的张云兰喊了一声，带着那棵白菜昂然地走出了肉铺。

我们街上不公平的事情很多，还是说猪头吧，有的人到了八点钟太阳升到了宝光塔上才去肉铺，却提着猪头从肉铺里出来了。比如我们家隔壁的小兵，那天八点钟我母亲看见小兵肩上扛着一只猪头往他家里走，尽管天底下的猪头长相雷同，我母亲还是一眼认出来，那就是清晨时分的肉铺失踪的猪头之一。

小兵家没什么了不起的，他父亲在绸布店，母亲在杂货店，不过是商业战线，可商业战线就是一条实惠的战线，一个手里管着棉布，一个手里管着白糖，都是紧俏的凭票供应的东西。我母亲不是笨人，用不着问小兵就知道个究竟了。她不甘心，尾随着小兵，好像不经意地问，你妈妈让你去拿的猪头，在张云兰那里拿的吧？小兵说，是，要腌起来，过年吃的。我母亲的一只手突然控制不住地伸了出去，捏了捏猪的两片肥大的耳朵。她叹了口气，说，好，好，多大的一只猪头啊！

我母亲平时善于与女邻居相处，她手巧，会裁剪，也会缝纫，小兵的母亲经常求上门来，夹着她丈夫从绸布店弄来的零头布，让我母亲缝这个缝那个的，我母亲有求必应，她甚至为小兵家缝过围裙、鞋垫。当然女邻居也给予了一定的回报，主要是赠送各种票证。我们家对白糖的需求倒不是太大，吃白糖一是吃不起，二是吃了不长肉，小兵的母亲给的糖票，让我母亲转手送给别人做了人情，煤票很好，草纸票也好，留着自己用。最好的是布票，那些布票为我母亲带来了多少价廉物美的卡其布、劳动布和花布，雪中送炭，帮了我家的大忙。我们家那么多人，到了过年的时候，几乎不花钱，每人都有新衣服新裤子穿，这种体面主要归功于我母亲，不可否认的是，里面也有小兵父母的功劳。

那天夜里我母亲带了一只假领子到小兵家去了。假领子本来是为我父亲缝的，现在出于某种更迫切的需要，我母亲把崭新的一个假领子送给小兵的母亲，让她丈夫戴去了。我父亲对这件事情自然很不情愿，可是他知道一只假领子担负着重大的使命，也只好眼睁睁地看着我母亲把它卷在了报纸里。

醉翁之意不在酒，在哪儿？我母亲与女邻居的灯下夜谈很快便切入了正题，猪头与张云兰，张云兰与猪头。我母亲的陈述多少有点闪烁其词，可是人家很快弄清楚了她的意思，她是要小兵的母亲去向张云兰打招呼，早晨的事情不是故意和她作对，都怪孩子嘴巴馋，逼她逼急了，伤着她了务必不要往心里去，不要记仇——我母亲说到这里突然又有点冲动，她说，我得罪她也就得罪了，我吃不吃猪肉都没关系的，可谁让我生下那么多男孩，肚子一个比一个大，要吃肉要吃肉，吃肉吃肉吃肉，她那把割肉刀，我得罪不起呀！

小兵的母亲完全赞同我母亲的意见，她认为在我们香椿树街上张云兰和新鲜猪肉其实是画等号的，得罪了张云兰便得罪了新鲜猪肉，得罪了新鲜猪肉便得罪了孩子们的肚子，犯不上的。谈话之间小兵的母亲一直用同情的眼光注视着我母亲，好像注视一个莽撞的闯了大祸的孩子。她是个聪明的女人，情急之下就想出了一个将功赎罪的方法。她说，张云兰也有四个孩子呢，整天嚷嚷她家孩子穿裤子像咬雪糕，裤腿一咬一大口，今年能穿的明年就短了，你给她家的孩子做几条裤子嘛！我母亲下意识地撇起嘴来，说，我哪能这么犯贱呢，人家不把我当盘菜，我还替她做裤子？不让人笑话？女人最了解女人，小兵的母亲说，为了孩子的肚子，你就别管你的面子了，你做好了裤子我给送去，保证你有好处。你不想想，马上要过年了，这么和她僵下去，你还指望有什么东西端给孩子们吃呀。我告诉你，张云兰那把刀是长眼睛的，你吃了她的亏都没地方去告她的状。

女邻居最后那番话把我母亲说动了心。我母亲说，是呀，家里养着这些孩子，腰杆也硬不起来，还有什么资格讲面子？你替我捎个口信给张云兰好了，让她把料子拿来，以后她儿女的衣服不用去买，我来做好了。

凡事都是趁热打铁的好，尤其在春节即将临近的时候。小兵的母亲第二天回家的时候带了一捆藏青色的布到我家来，她也捎来了张云兰的口信，张云兰的口信之一概括起来有点像毛主席的语录，既往不咎，治病救人；口信之二则温暖了我母亲的心，她说，以后想吃什么，再也不用起早贪黑排什么队了，隔天跟她打个招呼，第二天落了早市只管去肉铺拿。只管去拿！

此后的一个星期也许是我母亲一生中最忙碌的日子。其他的家庭主妇也忙，可她们是忙自己的家务和年货，我母亲却是为张云兰忙。张云兰提供的一捆布要求做五条长裤子，都是男裤，长短不一，尺寸被写在一张油腻腻的纸上，那张纸让我母亲贴在缝纫机上方的墙上。我们看着那张纸会联想起张云兰家的四个男孩一个男人的腿，十条腿都比我们的长，一定是骨头汤喝多了吧。我母亲看到那张纸却唉声叹气的，她埋怨张云兰的布太少，要裁出五条裤子来，难于上青天。

我母亲有时候会夸大裁剪的难度，只是为了向大家证明她的手艺是很精湛的。后来她熬夜熬了一个晚上，还是把五条裤子一片一片地撰在缝纫机上，像一块柔软的青色的梯田。然后我们迎来了缝纫机恼人的粗笨的歌声，我母亲下班回家便坐到缝纫机前，苦了我姐姐，什么事情都交给她做了。我姐姐噘着嘴抗议，做那么多裤子，都是别人的，我的裤子呢？弟弟他们的裤子呢？我母亲说，自己的裤子急什么，过年还有几天呢，反正不会让你们穿旧裤子过年的。我姐姐有时候不知趣，唠叨起来没完，她说，你为人民服务也不能乱服务，张云兰那么势利，那么讨厌的人，你还为她做裤子！我母亲一下就火了，她说，你给我闭上你的嘴，这么大个女孩子一点事情也不懂，我在为谁忙？为张云兰忙？我在为你们的肚子忙呀！

时间紧迫，只好挑灯夜战。我们在睡梦中听见缝纫机应和着窗外的北风在歌唱，其声音有时流畅，有时迟疑，有时热情奔放，有时哀怨不已。我依稀听见我母亲和父亲在深夜的对话。我母亲在缝纫机前说，眼珠子都要掉出来了！我父亲在床上说，掉出来才好。我母亲说，这天怎么冷成这样呢，手快冻僵了。我父亲说，冻僵了才好，让你去拍那种人的马屁！

埋怨归埋怨，我母亲仍然保质保量地完成了张云兰的五条裤子，她把五条裤子交给小兵的母亲，小兵的母亲为我母亲着想，她说，你自己交给她去，说说话，以前的疙瘩不就一下子解开了嘛。我母亲摆着手说，前几天才在肉铺吵的架，这一下白脸一下红脸的戏，让我怎么唱得出来？你这中间人还是做到底吧。我母亲把五条裤子强扔在小兵家里，逃一样地逃回到家里。

家里的缝纫机上又堆起了一座布的山丘，那是为我们兄弟姐妹准备的布料。我母亲在上班前夕为她忠实的缝纫机加了点菜油，我看见她蹲在缝纫机前，不时地瞥一眼上面的蓝色的灰色的卡其布，还有一种红底白格子的花布，然后她为自己发出了一声简短而精确的感叹，劳碌命呀！

　　而小兵的母亲后来一定很后悔充当了我母亲和张云兰的中间人。整个事情的结局出乎她的意料，当然也让我母亲哭笑不得，你猜怎么样了？张云兰从肉铺调到东风卤菜店去了！早不调晚不调，她偏偏在我母亲做好了那五条裤子以后调走了！

　　我记得小兵的母亲到我家来通报这个消息时哭丧着个脸。都怪我不好，多事，女邻居快哭出来了，你忙成那样，还让你一口气做了五条裤子，可是我也实在想不通，张云兰在香椿树街做了这么多年，怎么偏偏就在这节骨眼上调动了，气死我了！我母亲也气，她的脸都发白了，但是她如果再说什么难听的话，让小兵的母亲把脸往哪儿放呢？人家也是好心。事到如今我母亲只好反过来安慰女邻居，她说，没什么，没什么的，不就是熬几个夜费一点线嘛，调走就调走好了，只当是学雷锋做好事了。

　　很少有人会尝到我母亲吞咽的苦果，受到愚弄的岂止是我母亲那双勤劳的手，我们家的缝纫机也受愚弄了，它白白地为一个势利的女人吱吱嘎嘎工作了好几天。我们兄弟姐妹五人的肠胃也受愚弄了，原来我们都指望张云兰提供最新鲜的肉、最肥的鸡和最嫩的鸭子呢。不仅如此，我们家的篮子、坛子和缸也受愚弄了，它们闲置了这么久，正准备大显身手腌这腌那呢，突然有人宣告，一切机会都丧失了，你们这些东西，还是给我空在那儿吧。

我们对于春节菜肴所有美好的想象，最终像个肥皂泡似的破灭了。我母亲明显带有一种幻灭的怀疑，她对我们说，今年过年没东西吃，吃白菜，吃萝卜，谁要吃好的，四点钟给我起床，自己拿篮子去排队！

我们怎么也想不通，我母亲给张云兰做了这么多裤子，反而要让我们过一个革命化的艰苦朴素的春节！

除夕前那天夜里下了一场大雪，我记得我是让我三哥从床上拉起来的，那时候天色还早，我父母亲和其他人都没起床，因为急于到外面去玩雪，我和我三哥都没有顾上穿袜子。我们趿拉着棉鞋，一个带了一把瓦刀，一个抓着一把煤铲，计划在我们家门前堆一个香椿树街最大的雪人。我们在拉门闩的时候感觉到外面什么东西在轻轻撞着门，门打开了，我们几乎吓了一跳，有个裹红围巾穿男式工作棉袄的女人正站在我们家门前，女人的手里提着两只猪头，左手一只，右手一只，都是我们从来没见过的大猪头，更加令人印象深刻的是女人的围巾和棉袄上落满了一层白色的雪花，两只大猪头的耳朵和脑袋上也覆盖着白雪，看上去风尘仆仆。

那时候我和三哥都还小，不买菜也不社交，不认识张云兰。我三哥问她，猪头是我们家的吗？外面的女人看见我三哥要进去喊大人，一把拽住了他，她说，别叫你妈，让她睡好了，她很辛苦的。然后我们看见她一身寒气地挤进门来，把两只猪头放在了地上。她说，你妈妈等会儿起来，告诉她张云兰来过了。你们记不住我的名字也没有关系，她看见猪头就会知道，我来过了。

我们不认识张云兰，我们认为她放下猪头后应该快点离开，不能影响我们堆雪人。可是那个女人有点奇怪，她不知怎么注意到了我们的脚，大惊小怪地说，下雪的天，不能光着脚，要感冒发烧的。管管闲事也罢了，她的眼睛突然一亮，变戏法似的从棉袄口袋里掏出了一双袜子，是新的尼龙袜，商标还粘在上面。你是小五吧？她示意我把脚抬起来，我知道尼龙袜是好东西，非常配合地抬起了脚，看着那个女人蹲下来，为我穿上了我的第一双尼龙袜。我三哥已经向大家介绍过的，从小就不愿意吃亏，他在旁边看的时候，一只脚已经提前抬了起来，伸到那个女人的面前。我记得张云兰当时犹疑了一下，但她还是从她的口袋里掏出了第二双尼龙袜。这样一来，我和我三哥都在这个下雪的早晨得到了一双温暖而时髦的尼龙袜，不管从哪方面说，这都是一个意外的礼物。

我还记得张云兰为我们穿袜子的时候说的一句话，你妈妈再能干，尼龙袜她是织不出来的。当时我们还小，不知道她说这句话是什么意思。张云兰还说了一句话，现在看来有点夸大其词了，她说，你们这些孩子的脚呀，讨厌死了，这尼龙袜能对付你们，尼龙袜，穿不坏的！

听我母亲说，张云兰家后来也从香椿树街搬走了，她不在肉铺工作，大家自然便慢慢地淡忘了她。我母亲和张云兰后来没有交成朋友，但她有一次在红星路的杂品店遇见了张云兰，她们都看中了一把芦花扫帚，两个人的手差点撞起来，后来又都退让，谁也不去拿。我母亲说她和张云兰在杂品店里见了面都很客气，两个人只顾说话，忘了扫帚的事情，结果那把质量上乘的芦花扫帚让别人捞去了。

老母为我"扎红带"[①]

/ 冯骥才

今年[②]是马年，我的本命年，又该扎红腰带了。

在古老的传统中，本命年又称"槛儿年"，本命年扎红腰带——俗称扎红，就是顺顺当当"过槛儿"，寄寓着避邪趋吉的心愿。故而每到本命年，母亲都要亲手为我"扎红"。记得十二年前我甲子岁，母亲已八十六岁，却早早为我准备好了红腰带，除夕那天，亲手为我扎在腰上。那一刻，母亲笑着、我笑着、屋内他人也笑着，我心里深深地感动。所有孩子自出生一刻，母亲最大的心愿莫过于孩子的健康与平安，这心愿一直伴随着孩子的成长而执着不灭；而我竟有如此洪福，六十岁还能感受到母亲这种天性和深挚的爱。一时心涌激情，对母亲

①　原载二〇一四年二月十五日《今晚报》。
②　指二〇一四年。本文写于二〇一四年二月十一日。

说，待我十二年后，还要她再为我扎红，母亲当然知道我这话里边的含意，笑嘻嘻连连说一个字：好好好。

十二年过去，我的第六个本命年来到，如今七十二岁了。

母亲呢？真棒！她信守诺言，九十八岁寿星般的高龄，依然健康，面无深皱，皮肤和雪白的发丝泛着光亮；最叫我高兴的是她头脑仍旧明晰和富于觉察力，情感也一直那样丰富又敏感，从来没有衰退过。而且，今年一入腊月就告诉我，已经预备了红腰带，要在除夕那天亲手给我扎在腰上，还说这次腰带上的花儿由她自己来绣。她为什么刻意自己来绣？她眼睛的玻璃体有点小问题，还能绣吗？她执意要把深心的一种祝愿，一针针地绣入这传说能够保佑平安的腰带中吗？

于是在除夕这天，我要来体验七十人生少有的一种幸福——由老母来给扎红了。

母亲郑重地从柜里拿出一条折得分外齐整的鲜红的布腰带，打开给我看，一端——终于揭晓了——是母亲亲手用黄线绣成的四个字"马年大吉"。竖排的四个字，笔画规整，横平竖直，每个针脚都很清晰。这是母亲绣的吗？母亲抬头看着我说："你看绣得行吗？我写好了字，开始总绣不好，太久不绣了，眼看不准手也不准，拆了三次绣了三次，'马'字下边四个点儿间距总摆不匀，现在这样还可以吧。"我感觉此刻任何语言都无力于心情的表达。妹妹告我，她还换了一次线呢，开头用的是粉红色的线，觉得不显眼，便换成了黄线。妹妹笑对母亲说，你要是再拆再绣，布就扎破了。什么力量使她克制着眼睛里发浑的玻璃体，顽强地使每一针都依从心意、不含糊地绣下去？

母亲为我扎红时十分认真。她两手执带绕过我的腰时，只说一句："你的腰好粗啊。"随后调整带面，正面朝外，再把带子两端汇集到腰前正中，拉紧拉直；结扣时更是着意要像蝴蝶结那样好看，并把带端的字露在表面。她做得一丝不苟，庄重不阿，有一种仪式感，叫我感受到这一古老风俗里有一种对生命的敬畏，还有世世代代对传衍的郑重。

我比母亲身高高出一头还多，低头正好看着她的头顶，她稀疏的白发中间，露出光亮的头皮，就像我们从干涸的秋水看得了洁净的河床。母亲真的老了，尽管我坚信自己有很强的能力，却无力使母亲重返往昔的生活——母亲年轻时种种明亮光鲜的形象就像看过的美丽的电影片段那样仍在我的记忆里。

然而此刻，我并没有陷入伤感。因为，活生生的生活证明着，我现在仍然拥有着人间最珍贵的母爱。我鬓角花白却依然是一个孩子，还在被母亲呵护着。而此刻，这种天性的母爱的执着、纯粹、深切、祝愿，全被一针针绣在红带上，温暖而有力地扎在我的腰间。

感谢母亲长寿，叫我们兄弟姐妹们一直有一个仍由母亲当家的家；在远方工作的手足每逢过年时依然能够其乐融融地回家过年，享受那种来自童年的深远而常在的情味，也享受着自己一种美好的人生情感的表达——孝顺。

孝，是中国作为人的准则的一个字，是一种缀满果实的树对根的敬意，是万物对大地的感恩，也是人性的回报和回报的人性。

我相信，人生的幸福最终还来自自己的心灵。

此刻，心中更有一个祈望，让母亲再给我扎一次红腰带。

这想法有点神奇吗？不，人活着，什么美好的事都有可能。

母亲百岁记

/ 冯骥才

留在昔时中国人记忆里的，总有一个挂在脖子上小小而好看的长命锁。那是长辈请人用纯银打制的，锁下边坠着一些精巧的小铃，锁上边刻着四个字：长命百岁。这四个字是世世代代以来对一个新生儿最美好的祝福，一种极致的吉祥话语，一种遥不可及的人间向往，然而从来没想到它能在我亲人的身上实现。天竟赐我这样的洪福！

天下有多少人能活到三位数？谁能叫自己的生命装进去整整一个世纪的岁久年长？

我骄傲地说——我的母亲！

过去，我不曾有过母亲百岁的奢望。但是在母亲过九十岁生日的时候，我萌生出这种浪漫的痴望。太美好的想法总是伴随着隐隐的担忧。我和家人们嘴里全不说，却都分外用心照料她，心照不宣地为她的百岁目标使劲了。我的兄弟姐妹多，大家各尽其心，又都彼此合力，第三代的孙男娣女也加入进来。特别是母亲患病时，那是我们必须一起迎接的挑战。每逢此时我们就像一支训练有素的球队，凭着默契的配合和倾力倾情，赢下一场场"赛事"。母亲多经磨难，父亲离去后，更加多愁善感，多年来为母亲消解心结已是我们每个人都擅长的事。我无法知道这些年为了母亲的快乐与健康，我们手足之间反反复复通了多少电话。

然而近年来，每当母亲生日我们笑呵呵聚在一起时，也都是满头花发。小弟已七十，大姐都八十了。可是在母亲面前，我们永远是孩子。人只有岁数大了，才会知道做孩子的感觉多珍贵多温馨。谁能像我这样，七十五岁了还是儿子，还有身在一棵大树下的感觉，有故乡故土和家的感觉，还能闻到只有母亲身上才有的深挚的气息？

人生很奇特。你小时候，母亲照料你保护你，每当有外人敲门，母亲便会起身去开门，决不会叫你去。可是等到你成长起来，母亲老了，再有外人敲门时，去开门的一定是你，该轮到你来呵护母亲了。人间的角色自然而然地发生转变，这就是美好的人伦与人伦的美好。母亲从九十一、九十二、九十三……一步步向前走。一种奇异的感觉出现了，我似乎觉得母亲愈来愈像我的女儿，我要把她放在手心里，我要保护她，叫她实现自古以来人间最瑰丽的梦想——长命百岁！

母亲住在弟弟的家。我每周二、五下班之后一定要去看她，雷打不动。母亲知我忙，怕我担心她的身体，这一天她都会提前洗脸擦油，拢拢头发，提起精神来，给我看。母亲兴趣多多，喜欢我带来的天南地北的消息，我笑她"心怀天下"。她还是个微信老手，天天将亲友们发给她的美丽的图片和有趣的视频转发他人。有时我在外地开会时，会忽然收到她微信："儿子，你累吗？"可是，我在与她一边聊天时，还是要多方"刺探"她身体存在哪些小问题和小不适，我要尽快为她消除。我明白，保障她的身体健康是我首要的事。就这样，那个浪漫又遥远的百岁的目标渐渐进入眼帘了。

到了去年①，母亲九十九周岁。她身体很好，身体也有力量，想象力依然活跃，我开始设想来年如何为她庆寿时，她忽说："我明年不过生日了，后年我过一百〇一岁。"我先是不

---

① 指二〇一六年。本文写于二〇一七年九月二十三日。

解，后来才明白，"百岁"这个日子确实太辉煌，她把它看成一道高高的门槛了，就像跳高运动员面对的横杆。我知道，这是她本能地对生命的一种畏惧，又是一种渴望。于是我与兄弟姐妹们说好，不再对她说百岁生日，不给她压力，等到了百岁那天来到自然就要庆贺了。可是我自己的心里也生出了一种担心——怕她在生日前生病。

然而，担心变成了现实，就在生日前的两个月她突然丹毒袭体。因病来势极猛，她发冷发烧，小腿红肿得发亮，这便赶紧送进医院，打针输液。病情刚刚好转，旋又复发，再次入院，直到生日前三日才出院，虽然病魔赶走，然而一连五十天输液吃药，伤了胃口，变得体弱神衰，无法庆贺寿辰。于是兄弟姐妹大家商定，百岁这天，轮流去向她祝贺生日，说说话，稍坐即离，不叫她劳累。午餐时，只由我和爱人、弟弟，陪她吃寿面。我们相约依照传统，待到母亲身体康复后，一家老小再为她好好补寿。

尽管在这百年难逢的日子里，这样做尴尬又难堪，不能尽大喜之兴，不能让这人间盛事如花般盛开，但是今天——

母亲已经站在这里——站在生命长途上一个用金子搭成的驿站上了。一百年漫长又崎岖的路已然记载在她生命的行程里。她真了不起，一步跨进了自己的新世纪。此时此刻我却仍然觉得像是在一种神奇和发光的梦里。

故而，我们没有华庭盛筵，没有四世同堂，只有一张小桌，几个适合母亲口味的家常小菜，一碗用木耳、面筋、鸡蛋和少许嫩肉烧成的拌卤，一点点红酒，无限温馨地为母亲举杯祝贺。母亲今天没有梳妆，不能拍照留念，我只能把眼前如此珍贵的画面记在心里。母亲还是有些衰弱，只吃了七八根面条，一点绿色的菠菜，饮小半口酒。但能与母亲长久相伴下去就是儿辈莫大的幸福了，我相信世间很多人内心深处都有这句话。

此刻，我愿意把此情此景告诉给我所有的朋友与熟人，这才是一件可以和朋友们共享的人间的幸福。

花朝节的纪念

/ 宗璞

农历二月十二日，是百花出世的日子，为花朝节。节后十日，即农历二月二十二日，从一八九四年起，是先母任载坤先生的诞辰。迄今①已九十九年。

外祖父任芝铭公是光绪年间举人。早年为同盟会员，奔走革命，晚年倾向于马克思主义。他思想开明，主张女子不缠足，要识字。母亲在民国初年进当时的女子最高学府北京女子师范学校读书。一九一八年毕业。同年，和我的父亲冯友兰先生在开封结婚。

家里有一个旧印章，刻着"叔明归于冯氏"几个字。叔明是母亲的字。以前看着不觉得怎样，父母都去世后，深深感到

---

① "今"指一九九三年。本文写于一九九三年五月。

这印章的意义。它标志着一个家族的繁衍，一代又一代来到世上扮演各种角色，为社会做一点努力，留下了各种不同色彩的记忆。

在我们家里，母亲是至高无上的守护神。日常生活全是母亲料理。三餐茶饭，四季衣裳，孩子的教养，亲友的联系，需要多少精神！我自幼多病，常在和病魔做斗争。能够不断战胜疾病的主要原因是我有母亲。如果没有母亲，很难想象我会活下来。在昆明时严重贫血，上纪念周站着站着就晕倒。后来索性染上肺结核休学在家。当时的治法是一天吃五个鸡蛋，晒太阳半小时。母亲特地把我的床安排到有阳光的地方，不论多忙，这半小时必在我身边，一分钟不能少。我曾由于各种原因多次发高烧，除延医服药外，母亲费尽精神护理。用小匙喂水，用凉手巾覆在额上。有一次高烧昏迷中，觉得像是在一个狭窄的洞中穿行，挤不过去，我以为自己就要死了，一抓到母亲的手，立刻知道我是在家里，我是平安的。后来我经历名目繁多的手术，人赠雅号"挨千刀的"。在挨千刀的过程中，也是母亲，一次又一次陪我奔走医院。医院的人总以为是我陪母亲，其实是母亲陪我。我过了四十岁，还是觉得睡在母亲身边最心安。

母亲的爱护，许多细微曲折处是说不完也无法全捕捉到的。也就是有这些细微曲折才形成一个家。这人家处处都是活的，每一寸墙壁，每一寸窗帘都是活的。小学时曾以"我的家庭"为题作文。我写出这样的警句："一个家，没有母亲是不行的。母亲是春天，是太阳。至于有没有父亲，不很重要。"作业在开家长会时展览，父亲去看了。回来向母亲描述，对自己的地位似并不在意，以后也并不努力增加自己的重要性，只顾沉浸在他的哲学世界中。

希腊文明是在奴隶制时兴起的，原因是有了奴隶，可以让自由人充分开展精神活动。我常说父亲和母亲的分工有点像古希腊。在父母那时代，先生专心做学问，太太操劳家务，使无后顾之忧，是常见的。不过父母亲特别典型。他们真像一个人分成两半，一半主做学问，一半主理家事，左右合契，毫发无间。应该说，他们完成了上帝的愿望。

母亲对父亲的关心真是无微不至，父亲对母亲的依赖也是到了极点。我们的堂姑父张岱年先生说，"冯先生做学问的条件没有人比得上。冯先生一辈子没有买过菜"。细想起来，在昆明乡下时，有一阵子母亲身体不好，父亲带我们去赶过街子，不过次数有限。他的生活基本上是水来湿手，饭来张口。

古人形容夫妇和谐用"举案齐眉"几个字，实际上就是孟光给梁鸿端饭吃，若问"是几时孟光接了梁鸿案"，应该是做好饭以后。

旧时有一副对联："自古庖厨君子远，从来中馈淑人宜"，放在我家正合适。母亲为一家人真操碎了心。在没有什么东西的情况下，变着法子让大家吃好。她向同院的外国邻居的厨师学烤面包，用土豆做引子，土豆发酵后力量很大，能"嘭"的一声，顶开瓶塞，声震屋瓦。在昆明时一次父亲患斑疹伤寒，这是当时西南联大一位校医郑大夫经常诊断出的病，治法是不吃饭，只喝流质，每小时一次，几天后改食半流质。母亲用里脊肉和猪肝做汤，自己擀面条，擀薄切细，下在汤里。有人见了说，就是吃冯太太做的饭，病也会好。

六四年父亲患静脉血栓，在北京医院卧床两个月。母亲每天去送饭，有时从城里我的住处，有时从北大，都总是第一个到。我想要帮忙，却没有母亲的手艺。父亲暮年，常想吃手擀的面，我学做过几次，总不成功，也就不想努力了。

母亲把一切都给了这个家。其实母亲的才能绝不只限于持家。母亲毕业于当时的女子最高学府，曾任河南女子师范学校预科算术教员。她有一双外科医生的巧手，还有很高的办事能力。外科医生的工作没有实践过，但从日常生活中，从母亲缝补、修理的功夫可以想见。办事能力倒是有一些发挥。

五十年代初至一九六六年，母亲做居民委员会工作，任北大燕南、燕东、燕农、镜春、朗润、蔚秀、承泽、中关八大园的主任。曾为家庭妇女们办起装订社、缝纫社等。母亲不畏辛劳，经常坐着三轮车来往于八大园间。这是在家庭以外为社会服务，她觉得很神圣，总是全心全意去做。居委会成员常在我家学习。最初贺麟夫人刘自芳、何其芳夫人牟决鸣等都是成员。后来她们迁往城内，又有吴组缃夫人沈淑园等参加。五十年代有一次选举区人民代表，不记得是哪一位曾对我说，"任大姐呼声最高"。这是真正来自居民的声音。

我心中有几幅图像，愈久愈清晰。

一幅在清华园乙所，有一间平台加出的房间，三面皆窗，称为玻璃房。母亲常在其中办事或休息。一个夏日，三面窗台上摆着好几个宽口瓶和小水盆，记得种的是慈姑。母亲那时大概不到四十岁，身着银灰色起蓝花的纱衫，坐在房中，鬓发漆黑，肌肤雪白。常见外国油画有什么什么夫人肖像，总想怎么没有人给母亲画一幅。

另一幅在昆明乡下龙头村。静静的下午，泥屋、白木桌，携我坐在桌前，为我讲解鸡兔同笼四则题。父亲从城里回来，点说这是一幅乡居课女图。龙头村旁小河弯处有一个小落差，水的冲力很大。每星期总有一两次，母亲把一家人的衣服装在箩筐里，带着我和小弟到河边去。还有一幅图像便是母亲弯着腰站在欢快的流水中，费力地洗衣服，还要看着我们不要跑远，不要跌进河里。近来和人说到洗衣的事，一个年轻人问，是给别人洗吗？还没到那一步，我答。后来想，如果真的需要，母亲也不怕。在中国妇女贤淑的性格中，往往有极刚强的一面，能使丈夫不气馁，能使儿女肯学好，能支撑一个家度过最艰难的岁月。孔夫子以为女人难缠，其实儒家人格的最高标准"富贵不能淫，贫贱不能移，威武不能屈"，用来形容中国妇女的优秀品质倒很恰当，不过她们是以家庭为中心罢了。

母亲六十二岁时患甲状腺癌，手术后一直很好。从六十年代末患胆结石，经常大发作，疼痛，发烧，最后不得不手术。那一年母亲七十五岁。夜里推进手术室，父亲和我在过厅里等，很久很久，看见手术室甬道那边推出一辆平车，一个护士举着输液瓶，就像一盏灯。我们知道母亲平安，仍能像灯一样给我们全家以光明，以温暖。这便是那第四幅图像了。握住母亲的手时，我的一颗心落在腔子里，觉得自己很有福气。

母亲虽然身体不好，仍是操劳家务，真没有过一天清闲的日子。她总是说，你们专心做你们的事。我们能专心做事，都因为有母亲，操劳一生的母亲！

七七年九月十日左右母亲忽然吐血，拍片后确诊为肺门静脉瘤。当时小弟在家，我们商量说，母亲虽然年迈，病还是该怎么治就怎么治，不可延误。在奔走医院的过程中，受到许多白眼。一家医院住院部一位女士说，"都八十三岁了，还治什么！我还活不到这岁数呢"。可以说，母亲的病没有得到治疗，发展很快。最后在校医院用杜冷丁控制疼痛，人常在昏迷状态。一次忽然说："要挤水！要挤水！"我俯身问什么要挤水，母亲睁眼看我，费力地说，"白菜做馅要挤水"。我的眼泪一下涌了出来，滴在母亲脸上。

母亲没有让人多伺候，不过三周便抛弃了我们。当时父亲还在受审查，她走时很不放心，非常想看个究竟，但她拗不过生死大限。她曾自我排解说，知道儿女是好的，还有什么别的可求呢。十月三日上午六时三刻，我们围在母亲床前，眼见她永远阖上了眼睛。我知道，我再不能睡在母亲身边讨得那样深的平安感了；我们的家从此再没有春天和太阳了。我们的家像一叶孤舟忽然失了掌舵的人，在茫茫大海中任意漂流。我和小弟连同父亲，都像孤儿一样不知漂向何方。

因为政治形势，亲友都很少来往。没有足够的人抬母亲下楼，幸亏那天来了一位年轻的朋友，才把母亲抬到太平间。当晚哥哥自美国飞回，到家后没有坐下，立刻要"看娘去"，我不得不告诉他母亲已去。他跌坐在椅上，停了半晌，站起来还是说"看娘去"。

父亲为母亲撰写了一副挽联："忆昔相追随，同荣辱，共安危，期颐望齐眉，黄泉碧落君先去；从今无牵挂，斩名缰，破利锁，俯仰无愧怍，海阔天空我自飞。"自己一半的消失使父亲把一切都看透了。以后母亲的骨灰盒，一直放在父亲卧室里。每年春节，父亲必率领我们上香。如此凡十三年。直到九〇年初冬那凄惨的日子，父母相聚于地下。又过了一年，九一年冬我奉双亲归窆于北京万安公墓。一块大石头作为石碑，隔开了阴阳两界。

我曾想为母亲百岁冥寿开一个小小的纪念会，又想到老太太们行动不便最好少打扰，便只就平常的了解或电话上交谈，记下几句话。

姨母任均是母亲最小的妹妹。姨父母在驻外使馆工作时，表弟妹们读住宿小学，周末假日接回我家，由母亲照管。姨母说，三姐不只是你们一家的守护神，也是大家的贴心人。若没有三姐，那几年我真不知怎么过。亲戚们谁没有得过她关心照料？人人都让她费过心血。我们心里是明白的。

牟决鸣先生已是很久不见了。前些时打电话来，说："回想起在北大居住的那段日子，觉得很在意思。任大姐那时是活跃人物，她做事非常认真，总是全力以赴。而且头脑总是很清楚。"

在昆明时赵萝蕤先生和我家几次为邻居。那时她还很年轻，她不只一次对我说很想念冯太太。她说在人际关系的战场上，她总是一败涂地当俘虏。可是和冯太太相处，从未感到战场问题。是母亲教她做面食，是母亲教她用布条打钮扣结。有什么事可以向母亲倾诉。记得在昆明乡下龙头村时，有一次赵先生来我家，情绪不大好，对母亲说，一位军官太太要学英语，又笨又俗又无礼，总问金刚钻几克拉怎么说，她不想教，来躲一躲。母亲安慰她，让她一起做家务事。赵先生走时，已很愉快。

另一位几十年的邻居是王力夫人夏蔚霞。现在我们仍然对门而居。夏先生说："你千万别忘记写上我的话。我的头生儿子缉志是你母亲接生的。当时昆明乡下缺医少药，那天王先生进城上课去了。半夜时分我遣人去请你母亲，冯先生一起来的，然后先回去了。你母亲留下照顾我，抱着我坐了一夜。次日缉志才出世。若没有你母亲，我和孩子会吃许多苦！"

像春天给予百花诞辰一样，母亲用心血哺育着，接引着——

亲爱的母亲的诞辰，是花朝节后十日。

图书在版编目（CIP）数据

万家灯火，一盏归处：名家心中的亲情与温暖 / 史
铁生等著. --北京 : 北京联合出版公司，2022.6（2024.12重印）
ISBN 978－7－5596－6089－3

Ⅰ.①万… Ⅱ.①史… Ⅲ.①散文集—中国—现代②
散文集—中国—当代 Ⅳ.①I266

中国版本图书馆 CIP 数据核字（2022）第 052170 号

万家灯火，一盏归处：名家心中的亲情与温暖

作　　者：史铁生 等
出 品 人：赵红仕
选题创意：北京青梅树下文化传媒有限公司
策划制作：西周的木鱼
责任编辑：夏应鹏
装帧设计：末末美书
封面插画：丰子恺
内文排版：麦莫瑞

北京联合出版公司出版
（北京市西城区德外大街 83 号楼 9 层　100088）
北京联合天畅文化传播公司发行
北京美图印务有限公司印刷　新华书店经销
字数 145 千字　880 毫米×1230 毫米　1/32　8 印张
2022 年 6 月第 1 版　2024 年 12 月第 7 次印刷
ISBN 978－7－5596－6089－3
定价：45.00 元